KB099572

그 속을 누가 알아
말을 해야 알지

그 속을 누가 알아, 말을 해야 알지

발행일 2023년 6월 21일

지은이 조병각 글, 그림 조병각
펴낸이 손형국
펴낸곳 (주)북랩
편집인 선일영 편집 정두철, 배진용, 윤용민, 김부경, 김다빈
디자인 이현수, 김민하, 김영주, 안유경, 신혜림 제작 박기성, 황동현, 구성우, 배상진
마케팅 김회란, 박진관
출판등록 2004. 12. 1(제2012-000051호)
주소 서울특별시 금천구 가산디지털 1로 168, 우림라이온스밸리 B동 B113~114호, C동 B101호
홈페이지 www.book.co.kr
전화번호 (02)2026-5777 팩스 (02)3159-9637

ISBN 979-11-6836-934-4 03810 (종이책) 979-11-6836-935-1 05810 (전자책)

조병각 산문집

그 속을 누가 알아 말을 해야 알지

북랩

감사의 글

"그 속을 누가 알아, 말을 해야 알지."

일생 듣고 가슴에 다져진, 그러나 역시 묻어 소리는 없습니다. 누구나 사회생활을 하면서 많은 경험으로 희로애락을 겪게 되지요. 개개인의 환경이나 성품 하는 일에 따라 많은 사연이 생깁니다. 또 같은 일을 겪어도 각자의 생각에 따라 표현이 다르고 감정이 다르고 느낌이 다릅니다.

오랜 세월을 삶에 전력투구하신 은퇴하신 어르신은 얼마나 많은 사연을 경험하셨겠습니까? 그 많은 사연이 말로 표현이 다 되지 않고 글로 나타낼 수도 없이 묻혀 지나가는 것이 모든 이의 인생입니다.

몇천 몇만 날의 일이 기억도 될 수 없고 그럴 수도 없지만 느낌으로 남아있는 의미 있는 이야기들을 엮어 세대 구분 없이 읽을 수 있는 산문집을 내놓습니다.

격식 없고 자연스럽게 쓰인, 누구나 편하게 접할 수 있게, 재미붙여 읽을 수 있도록 유머스럽게, 또는 진지하게, 또는 아픈 마음을, 또 사실적인 의사를 나타낸 글자 그대로의 산문입니다.

남녀노소 누구나 읽어 보면 공감할 수 있는 현실에서 보고 접할 수 있는 이야기이고 할아버지가 손자에게 들려줄 수 있는 부부가 연인이 서로 화제로 나눌 수 있는 이야기입니다. 학생에게는 교육의 자료도 될 수 있는 재미있는 소재입니다.

글을 쓴 시기에 따라 현실에 동떨어진 글로 갸우뚱하실 수도 있겠지만 누구나 접하고 느끼는 점은 같지 않을까요?

"그 속을 누가 알아! 말을 해야 알지!"

소리쳐도 들리지 않으니 글자로 내놓습니다, 말을 했으니 아시겠지요? 이 책 한 권으로 다 함께 즐거운 이야깃거리가 되기를 바랍니다.

畫家詩人 山河 趙 炳 珏

1장 시

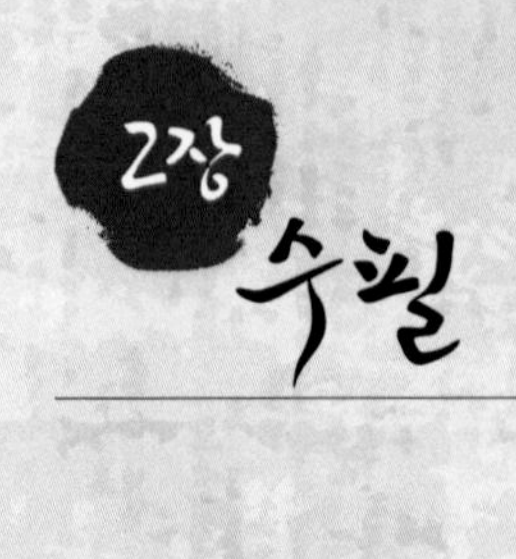

3장 한시세설

1장
시

3월

감춰져 있던 좋은 일들이
어디에선가 불쑥 나타날 것 같고
나도 모르는 새에
살그머니 내 곁에 다가와 있을 것 같은
공연히 들뜬 가슴에
뭉게구름처럼 피어나는 3월

손짓 안 해도 따스한 바람은 오고
깨우지 않아도 꽃잎은 벙그는데
무언가 이루어야만 할 것 같은
나 혼자 조바심에
꿈속 동화 나라에서
헤매는 3월

말은 없었어도
다시 돌아올 것을 기약하고 떠나간
동장군을 배웅하면서
만인의 가슴 가슴마다
솜사탕 맛 같은 소망이
피어나는 계절 3월

5월

지진?
태풍?
쓰나미?
무슨 소리?
어느 나라 배우 이름인가?

세상 소문 어수선해도
민 다리 속 빛 미려한 자태
맵시 맘껏 뽐내게 해주는
계절의 사신
나는 도도한 5월

온화한 햇살 대지를 보듬어
잠자던 요정들 일깨우고
온 누리 백화 합창하게 하는
여왕의 화관을 인
나는 우아한 5월

아내의 꿈나라

피식 웃는다
좋은 일이 있나 보다
입을 우물우물
누구와 이야기 하나 보다
잠자는 모습에서
또 다른 세상을 떠올린다

날개를 달고
하늘을 나는가
시녀를 거느리고
꽃밭을 거니는가
꿈속에서 또 다른 삶
가보고 싶은 아내의 꿈나라

여심旅心

가고 싶다
완행열차를 타고
산골 간이역에서
가을을 부르는
코스모스를 만나고 싶다

나그네
발자취에 남은 이야기
바람 따라
낮아진 해 배웅하는
코스모스의 손짓을 보고 싶다

예전에

"내가 네 나이 때는"
옛 어른의 말씀이
곰곰이 생각해 보아도
내어놓고 싶은 좋은 추억은
떠오르는 게 없네

그냥 바쁘게 지나간 거지
드러내고 싶지 않은 거지
"내가 네 나이 때는"
가슴에 감출 이야기뿐
네게는 아무 할 이야기가 없단다

세월이 흐른 뒤에
추억으로 남겨준 것 있다면
"내가 네 나이 때는"
너는 아이들에게
어떤 이야기를 할까?

장독대

엄마 아빠 항아리는
좌우로 나란히
형 항아리 동생 항아리는
앞으로 나란히
총대 멘 옥수수 대가 호위해 섰고
반딧불이 술래 되어
귀뚜라미를 찾는 밤
할머니 항아리가 숨겨주어도
휘영청 달님은 술래 편
어울려 놀던 뒤꼍 장독대
이제는 추억으로 남은 수채화

채묵화彩墨畫

빨간색 티셔츠
하얀색 바지
물들인 검은 머리가
내가 나를 속인다

손때 지워지고
자취는 가물가물
강물을 헤아린들
멀리 가버린 자리

나를 누르려는
오뉴월의 서릿발
고독의 붓으로 그리는
황혼의 채묵화

그믐밤의 수채화

눈이 하얗게 대지를 덮은 날
나는 까맣게 봄을 잊었습니다
무지개색 예쁜 꽃들이
수채화처럼 번지던 초목들이
흑백의 수묵화로 내게 왔습니다

피고 지고 지고 피던
삼백육십오일 수많은 나날들
그러나 겹겹이 눌린 추억은
무엇 한 가지 들추어내려 해도
떠오르는 고운 모습이 없습니다

버림받아 쌓인
헌책방 뒤켠의 찌들은 고서처럼
다시는 빛을 볼 희망도 없고
하얀 세상 속으로 묻힐
때 묻은 한권의 이야기를 또 얹어 놓습니다

김치 맛 사랑

사랑은요
즐겁고 행복하구요
원망과 증오도 있대요
깊은 사랑은 미움이 있구요
얕은 사랑은 쾌락뿐이래요
그렇게 이어지다가
그러다 멀어지다가
그래서 잊어버리면
그러면 끝나는 거래요
그런데요
오십 년 사랑은 골 삭은 묵은지 맛
갓 주운 사랑은 막 무친 겉절이 맛
신맛 단맛 매운맛 짠맛 시원한 맛
이가 없어도 먹을 수 있는
김치는 건강식이래요
입맛 잃으셨어요?
기다리지 말고 찾아 드시래요
입맛 돌아온다고
김치 아주 좋아하는 친구의 친구의…
나이 많은 친구가 말해 줬어요
사랑은 김치 맛 이래요

나로호

임무를 가득 안고 외로이 태어나
내 땅 자리 잡고 하늘을 쏘아보는
네 모습 장엄하다

나라를 위해 출전하는 장수처럼
비장한 각오로 그 자리에 섰으니
나로 명예를 위하여

응원의 함성 백만 대군의 선봉장
진군의 나팔 소리 천하를 호령하는 용맹으로
날아오른 기백

오랜 진통의 산고 끝 오천만 염원 헛되이
137초의 짧은 생애 안타까워라 산화
아까워라 나로호 나로호………

더위

이글거리는 태양열로
가로수에 불이 붙을 듯
전선이 녹아내리지 않을까?
신호등이 폭발하지 않을까?

불바다 같은 아스팔트 위에
자동차가 들끓고
거리는 생존경쟁에 지친
인간들의 도가니

독백

허둥대다
나도 모르게 잊혀질
오늘도 해는 떴다
어디쯤 따라 왔나
얼마나 남아있지?
꿀이 넘치는 길을
맛없이 걷고 있다
당신은 잘 났나요?
뽐내지 마세요
사라져 간 얼굴
그분들을 기억 하세요
지구는 놀이터일뿐
쉬었다 가는 서낭당
해가 나를 따라 오고 있다
내가 달을 끌고 가고 있다

떠나간 새

어느 봄날 꽃바람 불어
사랑을 버리고 떠나간 새
긴 여름 장마 걷히면
어슬한 찬바람 이는데
둥지의 주인은 언제 돌아오는가
먹이를 챙겨줘야지
바람을 막아줘야지
비를 가려줘야지
뻐꾸기도 쫓아줘야지
짹짹짹짹 지지지지
어미의 바람칼이
간절히 기다려지는 둥지

매미울음蟬哭

나래 편지 얼마나 되었다고
앞길 미리 알고 저리 슬픈가
그 오랜 어두운 시간도
오늘을 위한 인고忍苦 였는데

주어진 운명이 서러운 울음인가
생애가 비통한 울부짖음 인가
세상을 비관하는 흐느낌인가
짧은 생을 즐기다 가려는 노래이어라

복중伏中

폭염에 기운 빠진 가로수
아스팔트가 달아올라 도시는 한증막
발바닥 데일까 봐 방방 뛰는 자동차
거리는 불타는 드라마 세트

요만큼 감추면 예쁠까
이렇게 내보이면 아름다울까
처자 영혼 없는 미소에 감춰진 꿈은
허공을 헤매는 고추잠자리

불덩이를 이고 있는 콘크리트 상자 안엔
격투기 레슬링으로 난전亂廛의 굿판
고량주 열 받아 지친 패잔의 군상들
복중 동방의 나라는 늘어진 엿판!

비 雨

천정이 내려앉을 듯 천둥소리
불이 붙을 듯 번쩍이는 섬광에
화들짝 겁먹은 나약한 해님은
검은 구름 속으로 숨어 버리고

퍼붓는 빗소리에 우울한 마음
허공을 헤매다 떨어진 꿈은
아스팔트 타이어 먼지에 싸여
하수구 맨홀로 사라져 버렸다

찬미

참으로 속도 좋다
착하기도 하다
수많은 자식 남김없이 빼앗겨도
불평 한마디 없는 모성
어제도 몇 녀석 오늘도 몇 녀석
또 나와 매달려 아우성이다
앞서 떠난 형들은 성품도 순하고
미끈하게 인물이 좋았는데
새로 나는 아우들은 형만 못해
몸체는 점점 작아지고
못난 것들이 성질도 못되어서
독한 기운만 가득 품고 있으니
녀석들의 발악인지
자식 모두 잃은 모성의 한풀이 인지
혹독한 가뭄의 고통에도
내 육신 말려가며 자식을 길러낸 고난의 생애
오로지 키우기에 온 힘을 다하고
명을 마감할 것을 생각하니
욕심 없는 네 일생이 참으로 훌륭하다
대견하다 너 고추나무대

추석물가 秋夕物價

아주 작은 한 상 차려
부모님께 茶禮 올려야지
예부터 酒菓鮑라 하니
첫째가 술이구나
태풍이 몰아쳐서
菓樹가 피해라던데
사과 한 개 4천 원
배 한 개 8천 원!

가난하던 시대에 살다 가신 어머님이
"이게 무슨 말이냐!!
놀라실까?
"이게 보리쌀이 몇 둥구미이냐!!
화내실까?
그중에 빠질 수 없는 북어까지
눈을 크게 부릅뜨고
"나도 귀한 몸!!"

주: 쌀 1kg 2,500원

빈손

나의 꿈은 대통령
선생님이 물어보시면
파란 하늘 두둥실
꽃처럼 예쁘고
우물처럼 맑은
순수한 나의 마음이었지
구름 타고 날아간
한 움큼도 잡지 못한 꿈 꿈

몸짓으로 맞아주는 갈대숲
푸르던 시절이 그리워
햇살이 따사한 곳
꿈을 꾸던 그 양지에
고드름 길게 느리기 전에
장독대 눈 이불 덮기 전에
비행기 타고 멀리 떠나간
어릴 적 친구가 보고 싶어진다

만시輓詩 천안함 사건

하늘도 가슴 아파 내내 울었다
노여워서 꽃잎에 눈을 쏟았다
억울해서 깨비바람 몰아붙였다

아닌 밤중 청천벽력 천안함 수병
정의에 혼을 던진 한주호 준위
애국에 정을 나눈 금양호 선원

대한민국이여 기억하라!!!

후회하는 삶

노을이 지니
잊었던 일들이 새롭게 떠오르고
다시 시작하려니
남은 시간이 너무 짧다
하고픈 일들이
이루지 못한 채 사위고
넘는 해 아쉬워한들
이미 지나버린 하루
뒤돌아보니
오늘도 하나같이 후회하는 삶

기—인 하루

나 외로운 나비 아침햇살에
고운 향기 찾아 헤매다
포근한 자리에 날갯짓 멈추고
단맛에 젖어 헤어나지 못했다

나 고달픈 벌 거칠한 대지에
산 위에 강 아래 날다 지쳐도
비바람 이겨내며 목숨을 걸고
내일을 위해 이 한 몸 견뎠다

나 쓸쓸한 새 서산에 해지니
일생을 불사른 둥지도 서글퍼
누가 나를 잡아주지도 않아
이제는 떠나야 할 시간이다
바람 따라갈까
구름 타고갈까

내 이름은 꽃

우리 이름은 꽃이래요
사람들이 그렇게 불러 주니까요
언제부터 그랬는지는 나도 몰라요
우리를 그냥 꽃이라고 부르지만
가족이 엄청 많아요
헤아릴 수 없이 많아요
그냥 수백 종이라고 한대요
TV에서 꽃 찾기 하면 더 나올걸요?
근사한 환경에서 뼈대 지키고 품위 유지하며
대우받는 귀족 같은 꽃도 있구요
발에 밟히는 모진 환경에서 일 년밖에 살지 못하면서도
자손을 퍼트리려고 애쓰는 가엾은 가족도 있어요
대를 이으려는 의지는 인간보다 못지않아요
인간은 한 가지 방법뿐이지만
우리는 자연을 이용해서 다양하게 방법을 찾아요
못된 방법으로 인간을 이용하기도 하고요
누구의 신세 지지 않으려고 바람을 이용하기도 하고요
요즘은 국제화 시대이니
세계인이 이민도 오가고 국제결혼도 해서
다문화 가정이라는 것도 생겼듯이

우리도 시대에 맞춰서 그렇게 어울려 살아요
괘씸하기는 하지만요
이민 와서 원주인 몰아내고 제 땅인 양 차지하고 사는 녀석도 있구요
국제결혼 해서 국적도 없는 이름도 애매한 믹스화도 많이 생겨났어요
세상은 힘 있는 이만 사는 게 아니에요
우리는 힘이 없잖아요?
몹쓸 인간도 있기는 하지만 대부분에게 사랑을 받구요
사랑을 주는 이에게는 돈으로 살 수 없는 큰 보답을 해요
생명이 다할 때까지,
이것만은 자부해요,
윤리를 모르는 인간보다는 나을 걸요?
우리는 수백 촌이나 되는 혈통이 혈색이 다른 가족이지만
너도나도 다 같이 그냥 꽃이에요
모습이 색이 달라도 그냥 사람이듯이………
편견 없는 사랑으로 서로 어울려 살면 좋겠어요
바로 오늘이 우리의 날이에요
많이 사랑해 주세요.

눈 깜박

가만있어 봐
개나리를 언제 보았나
울타리에 활짝 피었었지
화창했던 어느 날
산에서 본 진달래도
기분 짱하게 해 주었는데
철쭉은 기억이 없으니
그냥 같이 묻어갔나 봐

목련이 활짝 웃었었고
벚꽃이 아우성을 치더니
매화는 그새 물놀이를 갔는지
봄꽃이 머릿속에 가득한데
눈 깜박한 새 잃어버린 봄
따가운 칠월 햇살에
나만 혼자 4월에 머물러
꽃그늘을 헤매고 있네.

해 지는 소리

해가 지는 소리
해가 뜨는 소리
사라졌던 그림자가
새로운 모습으로 다가와
무슨 말을 하네
온몸으로 손짓을 하네

목소리 가늘어지고
몸짓은 흐느적대도
정신은 살아있으니
그대는 어느 무대에서
연극하다가 사라진
어떤 배우였던가

묻지도 않고 찾는 이도 없는
쓸쓸히 잊혀진 자여
누가 뭐라 해도
그대는 인기 광대였느니
온갖 쓰레기 바람에 굴러도
제자리 지키고 있는 돌덩이 아닌가

그 누가 물어보랴
네가 늙었어도
아직도 밥을 잘 먹는지를
하얗게 희어진 그림자가
힘없이 허우적대도
동행하는 이 있으니 그대는 행복하니라

6월 해님

해님이 노하셨나 보다
미치셨나 보다
6/10을 떠올리셨나?
6/25를 기억하셨나?
어? 삼풍사고를 잊지 않으셨나?
오기로 내리쏟는 열기에
비구름이 혼비백산했다
군생은 목이 타는데
해님도 나이가 많아서 망령이 드셨소이까?
음력 6월이 아니오이다
아직 7월은 한참 훗날인데
그때는 어쩌시려고
용광로라도 쏟아부으시려오?
6/1도 있고 6/6도 있고
아까운 보령에 승하하신
성군 정조대왕의 기일도 있으니
오직 해님에게 목매는 지상의 딱한 동식물들이
간곡한 심정으로 입을 모아 아뢉니다
해님!!!
"이제 유월인데 이러시면 안 됩니다"

12월 31일

하늘에 금을 긋자
해가 지나가지 못하게
넘어가면 안 된다고 해에게 말해주자
그래도 넘으면 그물을 치자
떨어지다 그물에 걸리면 다시 들어 올리자
오늘이 어두워지지 않게

해를 잡아두자
잡을 수 없어 놓쳐 버렸으면
다시는 찾지 말자
산 위에 떨어졌으면 골짜기에 묻혀버리고
바다로 들어갔으면 문어 밥이 되어라
또 올라와 하루를 만들지 않게,

내 머릿속

내 머릿속은
돌려 맞추기 퍼즐
동서남북으로 갈려있고
상하좌우로 나뉘어 있고
춘하추동으로 헤매고
청홍흑백으로 엇갈린다,

과거 현재 미래가 공존共存하고
온갖 불협화음不協和音이 모여 있는
쓰레기통?
아니, 고물상,
아니, 아니, 내 머릿속은
보물이 가득 찬 박물관이다!!

그날

달구지로 끌고 갔다
뒤에서 밀고 갔다
지게에 지고 갔다
어깨에 메고 갔다
포대기로 업고 갔다
가슴에 안고 갔다
머리에 이고 갔다
양손에 들고 갔다
이렇게 같이 갔던 가족들도 모두 갔다

지나간 오랜 세월 해 색도 변한 오늘
어찌 나만 홀로 남아 그날을 떠올리나
나의 운명이 만들어진 가슴 아픈 기억뿐!

아 아 잊으랴 어찌 우리 이날을
조국을 원수들이 짓밟아 오던 날은
맨주먹 붉은 피로 원수를 막아내어
발을 굴러 땅을 치며 울분에 떤 날을
이제야 갚으리 그날의 원수를
쫓기는 적의 무리 쫓고 또 쫓아

원수의 하나까지 쳐서 무찔러
이제야 빛내리 이 나라 이 겨레 (2.3절 생략)

사라져 가는 노래
잊혀져 가는 노래
세상은 변해도 국경일은 아니다 그날은!

고향故鄉 생각, 91*116.8

고향 생각

어릴 적 살던 고향은 돌담이 둘러져 있고 골목길 고불고불 뛰어다니고 달 밝은 밤이면 또래들이 모여 말타기하던 산골 동네다.

집집마다 살구나무가 있어 봄이면 온 동네가 살구꽃으로 묻히고 꽃이 만발하는 때맞추어 동무들과 쌀 한 줌씩 거두어 골짜기 개울에서 가재 잡아 천렵하던 시골 마을이다.

자연적으로 형성된 골목길에는 어미 소가 송아지와 함께 사는 외양간도 있고 검은 토종 돼지가 새끼들과 요란하게 냄새피우는 우리도 있다. 멀리 내려다보이는 기차역에서 기적이 울리면 시간을 짐작하고 驛舍에 가물거리는 전등불이 막연히 서울을 그리게 하던 마을.

이웃집 건너에 담배건조장이 높이 솟아있고 남의 밭에서 몰래 따온 옥수수 감자를 입가가 새까맣게 건조장 조개탄 아궁이에 구워 먹던 곳이다. 그렇게 많던 또래 친구들 다 어디로 가고 지금은 어디에 몇이나 남았는가.

담배는 1960년을 전후해서 농촌의 큰 수입원으로 밭이 많은 집에서는 마을주민들이 동원되어 재배하였는데 과정이 힘든 작물이었다. 묘를 이식하고 가꾸어 잎을 따서 건조하고 품질을 구별하여 조리하고 전매청에서 수매할 때까지 1년을 기다려야 돈을 쥘 수 있는 전문적인 농사였으니 여간 힘든 농사가 아니지만 수매가 끝나면 농사 주인은 수매대금을 받아다가 참여했던 마을 분들의 일당을 일한 날을 계산해서 나누어 주니 집집마다 돈을 만질 수 있는 매력 있는 농사였다. 장날이 되면 그

동안 미뤄두었던 생필품을 사러 마을 분들이 함께 수 십리 길을 걸어도 힘들었던 시간을 잊었던 장날. 장터에서 한 그릇 장국으로 막걸리 한 사발로 허한 속을 달래고 생선 보관이 안되던 시절 말린 아지 한 손 사 들고 일 년의 고달픔을 잊었던 담배 농사. 영욕을 지켜왔던 담배건조장이 이제는 근대유물로 초라하게 자리를 지키고 서 있다.

옛날의 집들은 없어지거나 새로 지어져 새 단장을 하고 골목길까지 포장이 되고 사람도 모두 바뀌어 알아보는 사람조차 없는 어릴 적 내가 살던 마을 세월이 많이 흘러갔으니 그저 머릿속에 추억을 더듬어 그려 보는 고향 생각일 뿐….

그때 그 여름

소나기 그치고 무지개 드리우면
개울가 송사리 쫓아 뛰놀던
벌거숭이 또래 친구들
까맣게 탄 옥수수 감자
돌담 밑 오이 가지가 먹거리였던 그때

보릿짚 여치 집에 여치 소리 찌르르
울타리 풀 섶에 춤추는 반딧불
웃자란 쑥대 베어다 모깃불 피우고
멍석에 벌렁 누워 별을 헤아리던
철없던 그 여름으로 돌아가고 싶어.

내 마음은

1. 흐렸다 개었다 소나기
   따가운 햇볕 시커먼 먹구름
   반짝 내밀었던 해는
   천둥 번개에 놀라 구름 속으로 숨고
   퍼붓는 장대비에 휩쓸려 내려간 영혼
   울적한 내 마음은
   끝나지 않는 장마

2. 마루 끝에 걸터앉아 시원하게 쏟아지는 소나기를 바라본다
   돌담으로 힘들게 올라간 호박잎은 빗줄기 뭇매에 비명이고
   도랭이 쓴 병아리들은 난리를 피해 처마 밑에 모여 있다
   마당에 물길이 생겨 사립문 밖으로 흘러 나가고
   뜰 아래 미꾸라지가 물줄기를 헤치며 요동을 친다
   어디서 왔을까
   어른의 말씀은 소나기 빗줄기를 따라 하늘로 오르다 떨어졌다고
   동구 밖 논에 살던 패기 왕성한 녀석이
   새 세상 찾으려고 새 물맛 따라 가출한 거지
   그래도 어찌 이 높은 집 마당까지 오나? 거리가 얼마인데,
   타지에서 이룬 그 후손들 지금은 어떻게 되었을까
   낯선 땅을 개척하고 새 왕국을 세운 용맹스러운 조상의 패기를

이어받아서
큰 꿈을 품은 우월한 녀석은 설악산으로 들어가
용이 되어 비룡폭포를 타고 하늘로 올라갔을 것이고
내 땅 근처에서 인간과 숨바꼭질하며 살아온 자손은
못되어도 큰 세상 남한강으로 흘러 들어가 장어는 되지 않았을까.
강산이 여러 번 바뀌었으니………

사람을 찾습니다

고달픈가요?
답답하신가요
외로우신가요
우울하신가요
살기 어려워 나도 그렇습니다
목청을 높여 노래를 부르세요
기분이 좋아지지 않을까요?
해가 들리도록 소리를 지르세요
가슴이 후련해지지 않을까요
나만 못한 놈 하나도 없는 세상
병 된다고 즐겁게 살라 하던데
네 인생은 네 것
내 인생은 내 것
나 혼자만 몰랐네
이 당연한 진리를
세상에 나만 못한 놈 하나도 없어요
그렇지요?
어떻게 하라구요?
도연명의 귀거래사를 읽어 보세요
거기에 답이 있어요

가을 소리

사각사각
나뭇잎 부비는 소리
사락사락
나뭇잎 날리는 소리
사그락사그락
나뭇잎 구르는 소리
바스락바스락
나뭇잎 밟히는 소리
위잉위잉
앙상한 가지 우는 소리
우수수우수수
내 가슴 내려앉는 소리
나뭇가지가 내게 손짓한다
지금 무슨 생각을 하고 있나요?
네 옆에 앉아서 이야기하고 있으니
너와 똑같은 마음이지

까치 결혼식

까치가 결혼하나 보다
하객을 초대했나 보다
축가를 합창하나 보다
햇살이 퍼지기도 전에
웨딩마치 요란하게 울리고
신혼여행을 떠났다
다시 돌아오면
자—알 가꾸어진 정원에
단란한 보금자리를 꾸미겠지
내 이웃에 새 가족이 생긴다
까치 부부의 애정행각이
눈꼴 사납게 노골적이네
활짝 열린 공공장소에서
이웃이 다 보고 있는데
이봐! 풍기 문란이야
112에 신고해야겠어

가냘픈 봄꽃

봄바람에 피어나
비바람에 흩날렸네
혼신으로 꽃을 피워
화사한 영화를 누리지도 못하고
짧은 생애가 아까워라
동정도 가치도 없이 꺾이고 밟혔지만
생명의 근성으로 종자를 퍼트렸으니
새봄이 오면
예쁜 송이가 더 많이 피어나리라
피어있는 짧은 기간
많은 사람 마음속에
사랑스러운 감동을 주었고
메마른 가슴에
따듯한 정을 느끼게 해 주었어
우아한 나무에서 피어나는
귀족 같은 꽃도
길바닥에 붙어 흙먼지 쓰고 피어난 작은 꽃도
꽃을 보는 마음은 모두 천사가 되어
순박한 동심이 되어 예뻐하지
누가 지어준 이름인지 인간은 너를 좋아해 너희들을 사랑해

바비 2020

뉘 집 강아지 이름인가?
귀엽게 생겼구만
불량배 놈인가 봐
비바람을 몰고 온다고
바다에서 육지에서
모두가 떨고 있으니
어떻게 생긴 녀석인지
보이지도 않는 것이
일찍 구슬려 놓을 것을
못 본 척 지나가게 말이야
눈이 크다니 못 볼 수도 없겠어

그런데 마이삭은 뭐야
바비 동생인가
또 하이선은 뭔가
이 녀석들 형제인가
근본도 항렬도 없는 것들이
못된 것만 챙겨 가지고
선량한 인간들에게 난동을 부리고 있지 않나
어디서 난 녀석들이 법 무서운 줄도 모르고
눈앞의 행패를 막지 못하니 해님과 한패인가?

삶(사람)

미운 사람
고운 사람
싫은 사람
좋은 사람
살아도 사는 게 아닌 사람
죽어도 아깝지 않은 사람
살아 있으되 값어치 없는 사람
어쩔 수 없이 살고 있는 사람
이런 사람 다 같이 트롯 트롯 트롯!!!

삶?
연약한 생명인 것을
태산을 끌고 갈 것처럼
어리석은 사람
당신은 언제까지 어디까지 가려고?
애쓰지 마세요
편하게 즐겁게
가벼운 마음으로
오늘 하루 잘 살았다
잠자리에서 행복해하세요

사랑

소나기 같은 사랑은
기쁨
원망
미움
초조
즐거움
목숨 걸고 변덕 끓이다가
가스 꺼지면 끝나는 것

은하수 같은 사랑은
시고
떫고
달고
쓰고
맵고
짜고
골 삭은 묵은김치 맛
통행금지 사이렌이 울려도
한강대교를 건너가고 싶은 것

행복이 뭐야

어떤 녀석이 어떤 놈에게 물어보았지
행복이 뭐야
글쎄
항아리 이름인가
옛날 엽전 이름인가
그런데 왜?
어디다 쓸 데가 있나
시장에서도 안 팔아
내 손에 행복이 없으니
어떻게 생겼는지도 몰라
너만 사지 말고 나도 알려줘
나는 그냥 아프지 않고
재미있게 살면 돼
그런데
행복이라는 것 어디서 사지?

나나 너나

나 여기 있겠다고
머물러 있을 수 있나
오늘을 버티려 해도
내일이 떠밀고 있는데
돈으로 살 수도 없고
미인계로도 꾈 수 없는
맹초 같은 시간 아닌가

주먹을 휘둘러 보아도
나는 새에 하소연해 봐도
돌아가는 쳇바퀴 안에서
마담은 속내를 속이지 말게
아무리 목에 힘줘본들
너나 나나 허허 허구일세
굴러가는 낙엽에 무에 다른가

9월

가을의 문턱을 넘는 날
높은 새털구름이
청옥색 하늘을 펼치면
수정 같은 햇빛이
내 눈 속으로 들어와
오염된 마음을 씻어낸다

두뇌의 상념이
숨 속의 울울함이
신선한 바람에 실려
드높은 하늘로 날아간다

가을꽃이 핀다
풀벌레 소리 들린다
달빛 조명으로
산천초목이 변장을 하고
일곱 빛깔 무대를 꾸미면
나는 9월의 외로운 관객이 된다

코로나

내가 알고 있는 코로나는
1967년생 부평 출신이고
몇 년밖에 살지 못했지만
귀하신 몸이었어
태어나서 몸값이
백만 원 가까이 됐지
그 시절 내로라하는 분들만이
가질 수 있었던
신진자동차의 승용차 이름이었다

반백 년이 지나
같은 이름으로 만난 2019 코로나
너의 고향은 어디이며 정체가 무엇이냐
보이지도 않고
냄새도 없고 소리도 없는데
산 넘어 바다 건너 떠돌며
인간을 해하는 너의 소행이 지나치다
지구촌 인류의 이름으로 경고하노니
네가 태어난 곳으로 돌아가 속죄하고 자멸하든가
태양에게로 올라가 재도 남기지 말고 산화하여라

온 세상이 너로 인해 피폐해지고
무엇 하나 정상으로 돌아가는 게 없다
많은 사람이 병들어 죽고
사람이 사람을 경계하는 풍조에
경제활동이 멈춰서 살기 어려워 아우성이다
너 어디서 어떻게 태어나
이렇게 많은 사람에게 고통을 주느냐
한 인간으로 간절히 빈다
하루빨리 사라져 사람 사는 세상이 되게 해 다오

신년화제新年畫題

惑將歲月遲留暫
恕否人間白髮催
어느 장수가 세월을 잠시라도 멈출 수 있겠습니까?
백발을 재촉하는 사람도 없지요.
그러나 시간은 저 혼자 바빠서 달립니다.
우리는 달리는 세월에 편승해서 같이 가고요.
한해가 지나가고 또 새해가 옵니다.
누구나 한 해를 잘 보내리라 다짐하지만
지난해 어떠셨나요?
좋은 일 궂은일 많으셨지만 가는 해에 모두 묻으시고
새로운 꿈을 가지고 떠오르는 태양을 바라보며
새해를 맞이하세요.
바랑에 담을 작은 무엇을 기대하며
구도하러 눈 쌓인 산길 해 마중 갑니다.

뭔지 몰라도

노랫말에 빠지면 노래가 안 되고
연속극 극본에 없으면 줄거리가 안 되는
어떻게 생긴 건가요
가방 속에 있나요
책상 서랍에 있나요
금고에 넣어놨나요?
무슨 맛인지 무슨 색인지
그 때문에 미련이 있나요
미련을 두면 미련한 거지
포켓몬 빵 띠부씰처럼 열심히 모았나요?
부질없는 일이었다는 것을 느끼셨나요
강산이 열 번 바뀌어도 모르는
뭔지 몰라도 누구나 알 것 같은
뭔데요?

복창

1. 창밖 멀리 보이는 고속도로에
꽁무니 잡힐까 봐 내달리는 자동차들
저 작은 까만 차는 어디에서 어디로 가는 걸까
저 작은 하얀 차에는 어떤 사람이 타고 있을까
가족? 친구? 아니면 혼자?
무슨 일로 저리 급할까
돈 생기는 일인가 보다
저마다 달리는 사연은 보이지 않아도
끊이지 않고 꼬리잡기하는 고속도로
사연도 없고 목적도 없는 나도 같이 달리고 싶다

2. 고속버스 좌석버스 관광버스
시작점은 달라도
고속도로에서 만나서는 죽자 살자 내달린다
저 고속버스는 어디로 가는 걸까
어떤 분이 타고 있을까
아들네 집에 다녀가시는 노인이 타고 계실까
어머니 생신에 가는 아들 며느리 손자가 타고 있을까
저 빨간 관광버스는 어디를 가는 걸까
글쎄 몇 명이나 타고 있을까
여유로운 사람들의 즐거운 시간이지

그래야지 그렇게 살아야 잘 사는 인생이지
끼여 앉고 싶은 마음만 같이 가네
고속도로를 달리는 좌석버스에는
출퇴근 시간도 없이
고향을 떠나 한양 언저리에 자리 잡은 뻐꾸기 인생들이
어제는 무슨 일로 오늘은 어떤 일로
급하게 내달리는 버스 안에서
어떤 생각 하며 졸고 있는지
지난밤 꿈에 대통령과 악수하고
점심값 아껴 투자한 만원 로또 수십억 당첨을 그리고 계실까

3. 동산만 한 화물차가 질세라
작은 차를 겁주며 밀어붙인다
저 큰 박스 안에는 무엇이 실려 있을까
농산물? 공산품? 수입품?
어디에서 싣고 어디로 가는지
저렇게 큰 차를 운전하는 기사는
키가 160일까 190일까
구급차가 앵앵 경찰차가 번쩍번쩍
일 년 365일 십 년 3,650일
눈이 오나 비가 오나 낮이나 밤이나
꼬리 끊어질세라 이어달리기하는
큰 차 작은 차 승합차 화물차
북쪽 창밖으로 보이는 경부고속도로 이야기

쌍곡 계곡 쌍벽, 91*116.8

쌍곡 계곡 쌍벽

우리나라는 금수강산이다. 곳곳마다 절경이 많다. 이곳 쌍곡 계곡은 충청북도 괴산군 칠성면 쌍곡리에 있는 경치가 뛰어나고 물 맑고 아름다운 명승지이다.

10킬로미터가 넘는 긴 계곡에 기암절벽과 노송이 어우러져 괴산 8경 중 하나로

호롱소
소금강
병암
문수암
쌍벽
용소
쌍곡폭포
선녀탕
마당바위

이렇게 구곡이라 한다. 그림은 제5경 쌍벽이다. 이 계곡의 모산인 칠보산은 800m에 가까운 등산애호가들이 즐겨 찾는 산으로 아기자기하고도 웅장한 산세와 정상에서의 시원한 전망은 가히 명산이라고 아니할 수 없다.

어머니

불러보고 싶은 그 이름 세월마저 70여 년
보듬고 가신 손길도 기억에 담지 못한
회한悔恨을 가슴에 안고 그려보는 어머니

젖가슴 온기로 품어 힘겨운 두 해 동지
여린 것 내려놓으시고 어찌 눈을 감으셨소
섣달설한 밤 풍지도 애절해 아니 울었을까

고우셨을 삼십 년 짧은 생애가 안타까워
그릴수록 눈물이 나는 해가 갈수록 간절한
어머니 백 년을 불러도 대답 없으신 어머니

인간사人間事

욕심껏 살고자 하니 萬事가 不協和音
建陽多慶 네 글자는 누가 주는 誥命인지
나날이 겨워 지쳐서 무디어지는 발걸음

해 뜨고 해가 지고 졌던 해 다시 뜨고
머리 위에 해를 이고 東奔西走 헤매이다
오늘도 날은 저무네 허탈해지는 이 마음

새벽

모두가 잠든 인경 나 혼자 잠이 깨어
고대광실 새로 짓고 주지육림 헤매이니
그렇게 허황된 날이 얼마나 남았는지

오래전에 떠난 친구가 꿈속에 찾아와서
아련해진 옛 시절을 회상하고 돌아갔네
머문 흔적 지워지기 전 서둘러 또 오게나

끼이익! 쿠당탕탕 사고 치는 자동차 소리
아휴—또 어떤 사람이 얼마나 다쳤을까
어수선한 또 한 하루가 심란해지는 이 새벽

가을하늘

먹구름 여름 자리 추스르는 하얀 구름
호롯이 날린 머리 가녀린 여인 모습
때 이른 가을향기에 쫓겨 가는 새(鳥) 구름

비바람 천둥소리 죽은 듯 꼬리 내려
세모시 고운 맵시에 하늘 밖 더딘 걸음
한 시절 접어 감추고 수미산須彌山[1]에 숨는다

1) 힌두교 및 불교의 세계관에서 세계의 중심에 솟아있다는 상상의 산으로 힌두교 신들이 산다고 전해지는 상상의 메루산을 불교에서 수메루산으로 썼고 불경이 한문으로 번역되는 과정에서 수메루산이 한문식 표기로 수미산이 되었다. (위키백과)

노심초사勞心焦思

장미 한 송이를 담장밖에 피워놓고
행여나 다칠세라 밤낮으로 근심하네
오늘은 어느 나그네 어루만져 지날까

요염하게 진자주 요조처럼 새 하양
네게는 지조를 위해 가시가 돋쳤으니
그 생애 시들 때까지 꺾이지나 말거라

황혼黃昏

마른 잎 시름없이 어깨 위에 날리고
어스름 해진저녁 초라해진 발걸음
옛날로 돌아가고픈 어리석은 늙은이

돌아본 발자국은 구름 위에 실렸고
줄달음 칠십 년이 바람 속에 사라져
日暮鄕關 何處是 煙波江上 使人愁[2)]

---

2) 날은 저무는데 이곳은 어디냐, 안개 자욱한 강가에 마음 홀로 서글프다

고우회상故友回想

세시歲時를 놓은 벗은 유방지외遊方之外[3] 오래고
세절世節이 나를 따라와 별유천別有天[4]을 꾀이니
이제는 잊혀지려네 연리지連理枝[5]의 전설이,

아련한 송백지정松柏之情 색마저 흐려진데
헛된 꿈 구름에 실어 지지知止[6]를 앞 세우니
청풍에 산명곡응山鳴谷應[7]이 고우화답故友和答인것을

3) 遊方之外(장자): 바깥세상에 놀다

4) 別有天(고문진보): 사람 사는 곳이 아닌 별천지

5) 連理枝: 가지가 연해있는 나무

6) 知止(논어): 그칠 때를 알다

7) 山鳴谷應(고문진보): 산이 울고 골짜기가 답하다, 즉 메아리

소우가 召友歌

春山에 바람 불어 꽃잎이 흩날리고
가랑비 안개 품어 구름도 정겨우니
비둘기 높은 소리에 녹음 더욱 푸르다

歲月을 놓은 친구 노랫소리 들리는가
강나루 조각배가 한가로이 누웠으니
그림자 떠나기 전에 노를 저어 오게나

風霜에 시린 머리 잊혀진 백 년 꿈은
死海로 날려버린 亂場의 朴哥慾心
藤 서린 정자 난간에 嘆老歌가 애닯다

시월 바람 1

창으로 느끼는 바람
기온의 맛이 싱그러운 시월
오곡이 밥상 위에 하모니를 연주하고
저자에 백과가 풍악을 울리는 계절
먹거리 눈요기가 넘쳐나는
시월의 세상은
풍요의 잔치마당이다
강릉에서 오징어 바람이 일고
영덕에서 홍게 바람이 불면
남쪽 제주에서 갈치 바람이 손짓하고
서천 마을에서 전어 냄새를 풍기면
강화 마을에서 밴댕이 노래로 유혹하니
바람 든 졸부 엉덩이 동 서 남으로 달음질에
소득 없는 달구지만 꽁무니에 불난다

시월 바람 2

설악에서 불어오는
무지갯빛 바람
설악의 전령 서릿가을이
천 리 땅끝까지 내려와
초록 산하를 모두 쓸어안고
오지랖 넓은 楓嶽과
한세상을 이룬다
옥빛 하늘 향기에
가슴은 풍선처럼 부풀고
大靑이 전해준 시월 소식이
온 산야를 칠색 단풍으로 물들이면
세상은 수채화가 된다
수묵화가 된다
산수화가 된다
浪旅는 철새 되어 둥지를 그린다.

아직은 가을

철 잊은 비에
불꽃 같던 단풍은 바닥을 덮고
꺼져가는 불씨처럼
비 맞은 나뭇가지가 허전한 아침
하룻밤 새 변해버린 계절의 모습에
아침부터 비가 내리는 날이면
받을 사람도 없는 편지를 쓰고 싶어진다
지나버린 꿈 놓쳐버린 아쉬움에
앙상해진 가지처럼
쓸쓸해지는 내 마음은
겨울을 부르는 비바람이
단풍을 떨어 내려도
오늘은 빼빼로 day라니
11월 끝자락이라도 붙잡아
아직은 가을에 머물고 싶다

누리호

카운트다운
드디어 발사 2021.10.21. 17시
힘차게 뿜는 불꽃
우렁차게 솟아오르는 증기
벅차게 느껴지는 감동
성공을 기원하며 가슴 조인 17분
성공이다 성공이다
희열이 가라앉으며
늦어지는 성공발표 시간이 의아하다
어찌 되었나 초조한 시간이 지난 뒤 발표
절반의 성공이라니 아 아까워라
46초만 더 견뎠으면 궤도에 진입할 텐데
그러나 실패가 아니다
2013년 나로호에 이어 오늘은 대약진이다
2022년 5월에는 궤도에 안착했다는 뉴스를
꼭 들을 수 있을 것이다

우리 누리

2022, 6. 21일 오후 4시
나로 우주센터에서 누리호가 발사되었다
TV 중개로 지켜보는 가슴이 조렸다
내 뿜는 연기 솟아오르는 누리를 보면서
감동의 박수를 쳤다
드디어 성공이다 누리1호의 안타까움을 말끔히 씻고
세계 일곱 번째 우주선 강국이다
궤도에 진입 안착한 뒤 지상의 1호 명령은
"GPS를 켜라!"
성실히 임무를 수행하고 있는 누리
몸값이 1조 귀한 몸이지만
대한민국의 명예를 세계에 드높였으니
국민들의 성원으로 영원하리라
앞날은 창대하리라 너 누리호!!!

뻐—엉

뻐—엉———

동네가 요란하게 울렸다

지금은 백하고 열 살도 더 되셨을 그 아저씨

쇳덩이 뻥 기계를 지게에 지고

마을 어귀에 들어오며 소리를 지른다

디딜 방앗집 마당 한켠에 자리 잡고

부지런히 기계를 돌린다

니네는 말린 옥수수

우리는 밤콩

아이들이 둘러앉아 뻥 소리를 기다린다

뻥이요 펑

흩어진 뻥튀기 주워 먹는 재미로

깔깔대는 웃음소리가

온 동네에 울려 퍼지는 날

산골 마을 초가마다 구수한 행복이

지금도 아득히 메아리친다

보라매 KF—21

2022년 7월 19일
우리의 손 우리의 기술로 만든
초음속 전투기가 활주로를 박차고 하늘로 올랐다
한국형 전투기 개발선언 이후 21년 4개월 만에
세계에서 여덟 번째로
첨단레이더 스텔스 성능을 갖춘 초음속 전투기
대단하다 대한민국
멋지다 안준현 소령
2022.07.19 오후 30-40분을 기억하라
30여 분의 시험비행을 마치고 무사히 활주로 안착했으니
미사일 4발을 동체 아래 장착하고 시속 400km로 비행한
KF—21 초음속 전투기 스타답게 생겼다
이것은 시가 아니고 대한민국의 역사다

11월 30일

가을의 끝날
계절을 보내기 아쉬워 비를 내린다
오늘이 가면
내일은 겨울
9.10.11 아흔 한날이
가을이란 이름으로
많은 이들의 가슴을 웃기고 울렸겠지
행복을 주고 고난도 주었겠지
희망을 주고 절망도 주고
잊을 수 없는 추억도 남겨 주었겠지
수많은 사연을 안고 가을이 문을 닫는 날
가슴을 나눈 이들의 마음을 달래주려는
하늘의 배려인가
아침부터 소리 없이 비가 내린다
2021 이 가을의 마지막 날
종일토록 비가 내린다

님의 침묵, 91*116.8

님의 침묵

인천광역시 남동구 소래역로 소래포구 이야기이다.

소래포구는 예전엔 염전이었는데 1937년 국내 유일의 협궤 열차가 다니는 수인선이 개통되어 발전된 마을이다.

소래포구는 가장 가까운 거리로 돌출된 육지에서 시흥 월곶으로 바다를 건너다니던 도선장이었는데 인천 내항이 준공되면서 소래포구로 소형어선이 집중되어 크게 발전하였으며 세월이 흘러 인구가 늘면서 수도권 주민이 즐겨 찾는 명소가 되었다.

더구나 지금은 왕십리에서 수원까지 운행하던 분당선이 수원을 거쳐 소래포구를 지나 인천까지 연결되어 수도권의 많은 사람들이 더욱 편리하게 이용하게 되었다.

이곳 소래는 종합어시장의 규모가 대단히 크고 다양하고 넘쳐나는 해산물로 연 300만 이상의 많은 사람이 찾는다고 하니 가히 대한민국의 대표적 포구다.

포구 뒤편으로는 역사에 한몫을 했을 어구가 수명을 다하고 은퇴하여 눈길도 닿지 않는 곳에 버려져 있어도 공로를 주장하는 불평 한마디 없이 무엇을 기다리며 침묵하고 있는지 과거의 활약을 미루어 짐작할 수 있는 퇴역 용사가 아닌가.

멀리 건너 보이는 아파트는 시흥 땅 월곶에 새로 선 주거단지의 모습이다.

숫자의 비애

원래 1이었던 숫자
문지방 넘어 11는 상관이 없어
111에 부딪히고 1111에 치받쳐도
1은 어쩔 수 없는 1이었는데
해가 가다 보니 어렵게 어렵게 11가 되고
11는 자연스럽게 1111가 되었으니
그러면 1111는 1111111111은 되어야 순리 아닌가
도랑이 개천으로 합쳐져 내가 되고
내는 강으로 한 몸이 되어
넓게 벌려 바다와 어울리는 것이거늘
도랑이 강까지 흘러가지 못하고
메마른 내에서 몸살 하다 멈춰
겨우 111111으로 머물렀네
1111111111은 간절한 꿈의 숫자였을 뿐이네
오직 1+ 가 있어 유일한 위안이고
바다에 어울릴 한줄기 샘물이로다
그곳에 닿아서 1111111111W+++ 이루어라
아쉬움 안타까움 애절한 마음
이루어지지 않은 꿈 몰래 가슴으로 삭이며
원래의 1로 돌아가려니 天理 아니겠느냐

알아도 몰라도

문화 방재의 날
민주화운동 기념일
납세자의 날
민주 의거 기념일
상공의 날
세계 물의 날
세계 기상의 날
결핵 예방의 날
서해 수호의 날
희생자 추념일
향토예비군의 날
보건의 날
임시정부수립기념일
국민 안전의 날
장애인의 날
과학의 날
지구의 날
정보통신의 날
법의 날
근로자의 날
어린이날
어버이날
유권자의 날
입양의 날
스승의 날
가정의 날
성년의 날
발명의 날
세계인의 날
부부의 날
희귀 질환 극복의 날
바다의 날
방재의 날
의병의 날
환경의 날
구강보건의 날
노인 학대 예방의 날
건설의 날
전자정부의 날
마약 퇴치의 날

철도의 날
협동조합의 날
정보보호의 날
인구의 날
유두절
일본군위안부 피해자 기림의 날
통계의 날
태권도의 날
지식재산의 날
사회복지의 날
해양 경비 안전의 날
자살 예방의 날
청년의 날
치매 극복의 날
세계관광의 날
노인의 날
세계 한인의 날
재향군인의 날
임산부의 날
체육의 날
문화의 날
경찰의 날
독도의 날
중양절
금융의 날
교정의 날
지방자치의 날
학생독립운동기념일
소방의 날
농업인의 날
보행자의 날
순국선열의 날
아동학대 예방의 날
김치의 날
소비자의 날
무역의 날
자원봉사의 날
원자력의 날
석가탄일
성탄일은 주인이 있고
삼일절
제헌절
광복절
개천절은 나라의 날이니 빠지고
당신은 어느 날과 관련 있나요?
이날도 저 날도 그날이라야 365일
공평하지요 나의 생일이라도 넣어
보세요

안타까운 세상

창밖 길 건너 초등학교 운동장엔
어린이가 보이지 않는다
체육 시간도 없나 보다
쉬는 시간도 없나 보다
등교하는 어린이들은 어느 날 드문드문
물 빠져나간 갯벌처럼
모래 쓸려 내려간 물길 따라
곱게도 초록색이 깔린다
은모래 반짝이던 운동장은
자연스레 색 고운 풀밭이 되고
교무실 앞 흐드러지게 핀 백일홍이
주인인 양 힘겨워 주저앉을 듯
아이들 뛰노는 소리 사라지고
호루라기 소리 합창 소리가 그립다
적막하리만치 조용한 학교에서
어린이들은 공부를 하는지 안 하는지
코 입을 가리고 입학한 어린이들
선생님은 얼굴을 제대로 알까
마스크 세대라는 용어가 생겨나고
많이 쓰여지는 날이 있을 거야

386 586처럼
마음 아픈 세상이다
가슴 답답한 세월이다
코로나19! 너 때문에.

뭉게구름

저 큰 구름 덩이 속은 어떻게 생겼을까
팔을 벌려 안아보았으면
한 아름 떼어다가 마당에 펼쳐놓고
뒹그르르 굴러보면 재미있겠다
간밤 소나기 지나고
청명하게 열린 아침 하늘에
세기의 건축가도 전설의 공예가도
만들 수 없는 거대한 작품이
내 머리 위에 높은 산 위에 올려져 있다
어릴 적 보았던 그 모양 그대로
지워지지 않는 무지갯빛 추억이
가슴에 담겨 잊혀지지 않은 여운은
내일도 또 다음 내일도 끝나지 않는다

ㅇㅇ형

어제부터 비가 내렸습니다
밤새도록 내렸습니다
아침까지도 내립니다
ㅇㅇ형!
이렇게 비가 내리는 날엔 형은 무엇을 하시나요?
어떤 생각을 하시나요?
꽃나무들이 경쟁하듯 망울을 터트리고
나름 저들만의 멋을 뽐내며
좋은 계절 만나 경쟁하듯
감정 없는 식물들도 때맞추어 한껏 화합하는데
우리 인간의 세상은 왜 이렇게 공허할까요
보이지 않는 유리 장막 안에서 무엇을 하고 있나요
들리지 않는 아우성으로 무슨 말을 하고 있나요
그리운 얼굴들이 떠오르는 이 아침에
누구에게서 반가운 메아리가 들려오는지
귀를 기울여 소리를 찾으려 해도
익은 목소리는 끊긴 지 오래고
바람에 흩뿌리는 빗소리뿐
물 맞은 꽃망울이 활짝 피어나면
보고 싶은 얼굴 듣고 싶은 목소리

내음으로 한 아름 바람에 실려 왔으면
어림 한 푼 없는 나만의 허상이지만
간절히 받아보고 싶고
이맘 바구니에 한가득 전해주고 싶어지는
비 내리는 봄날 아침
차 한 잔 나누고 싶은 그리운 ㅇㅇ형!

봄의 향연

산수유가 피었다
목련이
벚꽃이
살구꽃이
개나리
진달래도 피니
나도 꽃
할미꽃도 피었다
질투 시기 없는
우리는 다 같이 사이좋은
너도 나도 꽃
모두 함께 어울려
세상을 아름답게 꾸미고
팬 미팅도 자연스러운
누구도 막을 수 없는
우리들의 봄꽃 잔치

까치 부부

까치설날은 어저께이고
우리 설날은 오늘인데
지난봄 웨딩마치를 요란하게 울리고 떠났던
까치 부부가 고향으로 돌아와
남쪽은 해가 잘 들게 시원하게 트였고
고층 아파트가 북쪽에서 찬 바람을 막아주는
잘생긴 소나무 높은 가지 위
명당을 잡아 건축공사를 하고 있다
작년에 지은 집이 이웃에 있는데
이미 기초가 튼튼히 다져지고
내 사전에 부실공사는 없다
한 틈의 하자도 지나치지 않는다고
기술은 누구에게 배우고 설계는 누가 했을까
공사 기간을 계산하고 입주 날짜를 맞추려나 보다
이 추운 정월에
새 식구가 태어날
따듯한 봄날을 위해
사랑 노래 부르며
열심히 집을 짓고 있는
행복한 까치 부부가 이웃에 있다

봄비

어디서 오는가 누가 보내주었나
청명한 바람에 실려 온 봄비
대지를 촉촉이 적시고
가라앉은 마음을 상쾌하게 일깨워
잠들어 무디어진 씨앗들이
머릿속에서 싹을 틔우고
노랑꽃이 분홍 꽃이 핀다
연두 잎이 초록 잎이 돋는다
화사한 꽃밭이 된다
크게 팔 벌려 안은 온화한 바람
부푼 가슴 설레는 마음은
미지의 허공으로 두둥실 뜬다
암울한 환상에서
헤어나지 못했던 그늘에
상큼한 꽃비 향기로
어둡던 머리에 봄이 활짝 피어난다

그 좋았던 시절 어디 가고

코로나?

누?

델타?

오미크론?

이게 다 뭔데

너는 아니?

변이 바이러스 이름이래

코로나로 시작했는데 자꾸 바뀌어 이름이 생기나 봐

백신도 이름 따라서 바뀌어야 효과가 있대

바이러스가 점점 더 독해져서 예방주사도 못 당하나 봐

두 번만 맞으면 걱정 없을 것 같이 말하더니 또 맞아야 된대

오대양 육대주 사람들이 이 이상한 이름 때문에 속수무책으로 죽어가니 참 알 수 없는 것이네 그치?

우리나라도 비상이래 정부에서 위드코로나 외친지 한 달 만에 기하급수로 확진자가 늘어나

전국이 병상 때문에 비상이 걸리고 중환자가 입원도 못 하고 대기하고 있다가 죽어간다네,

대통령이라는 분은 절대 회복기에 들었다고 후퇴는 없다고 하더니

위드 외치기 전보다 더 강력하게 통제발표 했잖아 참 나 웃기는 짬뽕?

학생들 공부는 어떻게 해 이러지도 저러지도 못하는 수업을 할 수도 안 할 수도 없으니…

세계도 빗장을 걸어 인천공항에 5분이 멀다 하고 오르내리던 비행기 모두 발 묶이고

비행기는커녕 마실처럼 다니던 사우나도 못 가는 세상이야

2019년 말경에 처음 들었을 때 중국 우한이라는 도시에서 나타난 우한 바이러스라고 했는데

그 이름은 쏙 들어가고 벌써 다섯 번이나 이름이 바뀌었잖아

감염자 때문에 병원이 난리인데 수많은 사람이 죽어가는데 그런데 말이지, 이 난리로 인해 돈을 억수로 버는 기업이 있다네

미국 화이자라는 제약회사가 백신으로 한 해 54조를 벌었대

동그라미가 몇 개지?

그 회사는 지금 세계 각국이 처한 현실을 어떻게 생각할까

설마 신명이 나서 축배를 들지는 않겠지?

옛말에 비가 오면 지우산 장사가 신바람이 나고 가물면 짚세기 장사가 바쁘다고…

하기는 우리나라에도 이 난리 통에 수익 올리는 기업이 있지

별 관심도 없었던 마스크가 히트를 칠줄 누가 알았겠어

아마 그랬을 거야, 쥐구멍에도 볕들 날 있다고!

성실하게 사회를 위해서 봉사 정신으로 기업을 운영하는 업체야 당연히 대가가 있어야 하지만 그 틈에 몹쓸 인간들이 얌생이 짓을 한다니 이런 자들은 지구 밖으로 추방을 해야 돼.

그래도 티 나게 좋아하면 안 되네…

사회 분위기 생각해서 떼먹지 않을 단체에 기증 좀 하셔 알았지?

오늘은 2022.03.07 '스텔스 오미크론'이라고 새로운 이름이 나왔네 더

발전했나 봐,

오늘은 2022.05.04. 스텔스 오미크론보다 더 쎈 BA.2.12.1라는 변이가 처음 발견되었다고 신문에 났는데 미국에서 입국한 3차까지 맞은 여성인데 4월 16일 입국해서 다음 날 바로 확진 판정받았다네.

벌써 많이 퍼졌겠다 걱정이다

그런데 말이지 내가 뭐랬어 히트 좋아하지 말고 기부 좀 하랬더니 으유우.

마스크 업체 사장이 연봉을 100억을 챙겼대, 인간인가?

세금추징 99억 해야 딱 맞겠지?

오늘은 5월 15일 또 스텔스 오미크론보다 더 강력한 변이환자가 나왔다고 신문에 났네 일상으로 회복한다고 통제하던 것 모두 해제하고 있는데…

엊그제는 코로나 뉴욕이라고 하더니 참 어떻게 되는 거야

전 국민이 환자 되는 거 아니냐? 누구의 힘을 빌어야 해?,

북한에서는 뒤늦게 확산이라고 비상이 걸려서 시 군이 왕래를 통제한다나 봐

알 수 없는 곳이라 누구도 확실하지는 않지만 의료시설도 부실한데 백신도 거부하더니 우리 정부에서 지원하겠다고 하는데 받아들이려는지. 에그…미사일 한 방 덜 쏘면 인민들에게 백신 놔줄 수 있지 않니? 코로나 잡는 미사일을 쏘든가…

존심 세우지 말고 인민을 위해서 좋게 말할 때 받아 ㅇㅇ아,

괴질

이상한 놈이 나타났다
유럽에서 들어왔단다
어느 중생이 모시고 왔다
무엇 들고 올 것이 없어서 괴질을
항공료도 내 줬나
역사에 이름을 남기려고
코로나가 꼬리를 움츠리니
새로운 놈이 또 나타나네
고려왕이 힘이 빠지니 조선이 생겨나듯
너희도 인간 다스리려고
영역 싸움 하는 거냐
코로나로 얼마나 기죽어 살았는데
조금 여유 생기니 네가 또 뭐야
이름도 고약스럽게 원숭이 두창?
너는 고향이 어디냐 유럽이냐?
그런데 성이 바뀌었냐?
네 고향에서도 한글 쓰냐?
코로나 후손은 아닌 것 같고
근본도 없는 놈이 태어나 인간 세상을 괴롭혀
너희들도 족보 만드냐?
제발 세상에서 씨 없이 사라져 줘

찬양 삼행시 2016

조심스레 적막을 깨고 나타난
눈빛은 영롱하고
콧날은 물찬 제비 같다
입술은 홍옥 같고
귀는 꽃을 품은 연잎 같으니

성스러운 은혜로 섬광이 내린 날
태양이 밝히는 조명 아래
브람스 교향악 음율을 타고
세상 만물을 지휘할
동자가 세상으로 왔다

진주처럼 찬란한 일곱 빛
향기로운 앞길을 열어주고
달도 별도 지켜 줄
비할 이 견줄 이 없는
뛰어나게 반짝이는 북극성이어라

착각

수렁에 빠져 헤어나지 못하는 이
지금 이 사람을 구해주는 이 있으면
인도해 주는 이 있으면
은인이요 구세주라 할 것이요

혼신을 다해 소리 높여 노래하고
대본에 목숨을 거는 뮤지컬 배우는
가슴이 가을하늘처럼 청명할 게다
그 하늘을 유영하는 기분일 게다

이 넓은 세상 한없이 펼쳐져 있는데
혼자만의 착각으로 우물 안 개구리 되어
한 치 밖도 보도 듣도 못하는
바보 같은 이 예 하나 있네

세상은 넓고 할 일도 많은데
인간도 많고 먹을 것도 많은데
이 화려한 무대에서 낙오된
길 위에 떨어진 1원짜리 동전 인생

형님들[8]

테스 형!
세상이 왜 이래
왜 이렇게 힘들어
테스 형에게 소리쳐 노래를 불러도
"너 자신을 알라"니 도움 안 되는 테스 형
무얼 어찌 알라고……
엎드려 모니 형에게 물어보니
막연히 "너를 이해한다"는 말씀
팔 벌려 안아주시기라도 해야 阿彌陀
손모아 예수 형에게 물어보니
높은 곳에서 내려다보시고
"나를 믿으라"니…
어느 세월에 무엇을 도와주시려오?
시주도 십일조도 모르는 중니[9] 형에게 물어보았더니
"착한 일을 한 놈은 하늘이 복으로 갚고
착하지 않은 일을 한 놈은 하늘이 재앙으로 갚는다네,
중니 형도 참 세상 물정 모르시오

8) 4聖: 소크라테스, 석가모니, 예수, 공자

9) 공자의 字

세상에 착한 일 하지 않은 사람 없고
못된 일 안 한 사람 하나도 없어요
어수선한 민심 혼란한 사회로 살기 힘들게 하는 것은
착하지 않은 일로 하늘이 재앙을 주시는 거요?
그러면 좋은 일을 했을 때는 복을 줘어야지
태평성대 복 한웅큼 줘보지도 않고
뭘 어쨌는지 알지도 못하면서
살기 힘들게 하는 것은 하늘도 편갈이 하시오?
세상 변하니 하늘도 옛 魯나라 하늘이 아닌 것 같소
그런 하늘에게 면피한 중니 형의 답도 틀렸소

12월 1일

화려했던 미련을 버리지 못해
삼십 일을 내 주지 않으려
비도 내리고 바람도 부는
춥지도 덥지도 않은 날씨를 잡고
아직은 가을이라고 뭉갰나 보다
앙상해진 나무줄기에 매달린
바싹 마른 잎새에게 도움을 청했나 보다
나와 같이 가을이자고…
그렇게 마지막 날을 넘겨주기 아쉬워
주절주절 잔비를 내렸나보다
맨 밑에 눌려 빛 보기를 고대하던 마지막 달력 한 장이
바통을 넘겨받은 날
오래 기다렸노라 벼르고 있었나 보다
두 일월이 떨어져 나간 날
이젠 내 세상이야
온 세상 하얗게 눈으로 덮어 위세를 떨고
시베리아 칼바람을 불러드려
십일월이 끝날까지 하지 않은 짓을
막장 오기로 하루아침에 영하 10도
무던히 참았다 오늘이 오기를
"내가 겨울이야 니들이 겨울 맛을 알아?"

남도절경, 91*116.8, 정부 세종청사 관리사무소 소장

남도절경

신안군 흑산면에서 서쪽으로 22km나 떨어져 있는 홍도는 면적이 6제곱킬로미터 남짓 2개 구로 나뉘어 있는데 인구는 약 600명 정도라 하고 섬 전체가 천연기념물로 지정되어 휴양하기 좋은 섬으로 국내 최고의 해양관광지로 지정된 명소이다.

해질 때 섬 전체가 붉게 물든다고 紅島라 한단다.

주민들은 거의 어업에 종사하지만 주 소득원은 관광객을 대상으로 하는 수입으로 연 관광객이 20만이 넘는다고 하니 1인 연 소득을 미루어 짐작할 수 있겠다.

그림은 홍도 1경 남문바위로 멀리 보이는 바위산이 문을 막은 듯하다.

삼월이

내 세상이다 비켜나라고
위세 떨던 동장군
두 1월이 자리 내어주기도 전에
칼바람 일으켜
추월양명휘 선비놀음도
비명에 쫓겨나고
금수강산을 순백강설로 지워버렸지
온 세상이 폭군의 횡포로
바짝 얼어버렸지
한동안 내 맛을 아느냐며 값을 떨더니
칼바람 휘두른 지
백일천하도 못 지켜 무릎 꿇고
꽃댕기 아릿한 삼월이에게
미리 알아서 꼬리 내렸네
아직 저만큼에서 얌전히 기다리고 있는데
누가 뭐래도 계절은 저들끼리 세력 다툼하며
세월의 쳇바퀴를 돌리고 있네
세월이야 가든
그래도 기다려지는 노랑 저고리 분홍치마
꽃바구니 들고 올 삼월이의 모습

8.15 매미

동산에 해가 얼굴을 내미는 무렵
7층 아파트 발코니 방충망에
매미 한 마리 붙어 앉아 울고 있다
언제 어디서 날아왔을까
나와 어떤 인연이 있는 걸까
어떤 메세지를 전하는 걸까
오늘이 8월15일 이니
광복절 노래를 부르나
햇살이 비춰도 거동도 없으니
불러내는 소린가
아침저녁 바람이 서늘하니
운명을 알아 애통한 울음이냐
요란스레 울리던 소프라노 테너 알토
화음은 사라지고
겨우 너 혼자 남아 지친 소리로
떠날 때가 되었음을 알려주는 게지
작별을 고하러 온 네 마음 알아
나도 같이 운다 가슴 속으로
"울고 싶어라"

2022, 2, 22, 22시

아무 일 없는 평범한 오늘도
봄내음이 어디에서 전해 오는지
찬바람에서 느껴지는 상긋한 기운이
핑크색 머플러를 날리게 하는 요정
새로운 삶을 시작하는 까치 한 쌍도
부지런히 보금자리를 마련하고
목련이 서둘러 촛불을 밝히니
꽃바람 향연이 열리려나 보다
1952년 2월 22일은
남쪽 항구도시 부산에도 엄동설한
영하 20도 시베리아 동토였다던데
칠십년 지난 오늘은 어찌 이렇게 봄날인가
빙산이 녹아 사라진다 하니
북극에서 따듯한 바람이 불어오는가
계절의 신비로움은
세월의 경이로움은
인간의 힘이 미칠 수 없는 달무리
202222222
세상 변하는 줄 모르는 천진난만한 젊은이들이
근심걱정 한시름 잊게 해 주는

TV프로 "화요일은 밤이 좋아"
오늘이 바로 화요일 지금이 바로 22시,

비 날의 일기

불타는 듯 붉은 단풍을 보고
달님이 착각을 하셨나 보다
새벽부터 119 비상을 걸어
하늘의 물탱크를 쏟아부으니
세차게 타오르던 불길
노랑 빨강 주황 갈색 모든 나뭇잎들이
유화물감을 덧칠해 놓은 듯
바닥으로 떨구어 그림을 그렸다
강렬하던 불꽃쇼는 막을 내리고
몇 안 남은 잎 연줄을 끊기 아쉬워
설한까지 같이 가자고 더욱 힘주어 잡는
엉성해진 가지들은 서글프다
하늘의 119가 원망스럽다

코로나 2

새로운 놈이 또 나타났다
원조 오미크론(BA,1)의 아우 스텔스 오미크론(BA,2)이 낳은 자식이란다
그 이름 켄타우로스 (BA,2,75) 라
원조 오미크론의 동생의 자식이니 조카로구나
오미크론보다 번식능력이 강해서 이름붙인
스텔스 오미크론이 유전자변이가 28개 라는데
그중 한 놈이 아비보다 더 많은 36개의 자식을 안고
튀어나와 켄타우로스라고 한다
삼촌들 BA4 BA5도 끝이 없는데
BA2의 자손이
그만큼 전염 균으로서 약물을 피할 재주를 더 많이 갖고 나왔단다
둘째인 아비 BA2도 형제 중 힘이 뛰어났는데
아비보다 더 똑똑한 놈이 나왔으니
이놈이 세상을 평정하려고 하나
켄타우로스는 그리스 신화에 나오는
상반신은 인간이고 하반신은 말인 괴물 이름인데
신화 속 괴물 이름으로 불리는 것은
이전 전염 균과는 매우 다르기 때문이라고 하더라
알파 베타 감마 델타 조상의 이름에 이어
스텔스 오미크론 그 자식 켄타우로스

네가 가문을 번성시키라고 명이라도 받았냐?
너처럼 어떤 5형제 둘째 집 자식도
많은 재주를 가지고 세상에 태어났지만
흔적도 없이 한줄기 빗물 같은 생애였느니라
켄타우로스! 네 이놈!
너희들도 종족보존 하냐?
하늘에서 내리는 약물 소나기 맞고
흙먼지에 휩쓸려 하수도로 사라질 괘이니
많은 사람 괴롭히지 말고
하루 속히 북망산으로 들어가 씨도 없이 대를 끊어라
니네는 족보가 없잖아

그리운 친구

내가 너를 그리워하는 만큼 네가 나를 보고파하면
나는 이 세상에서 가장 행복한 사람이네
내가 너를 보고파 하는 만큼 네가 나를 그리워하면
나는 이 세상에서 무엇도 부러울 게 없는 사람이네
맛도 멋도 모르고 허무히 지나가 버린
윤활유 마른 기계처럼 삐걱거리다 고철이 된 삶
너와 함께 즐거웠던 짧은 시간에
바람을 타고 오대양 육대주를 누볐고
구름을 타고 달나라도 밟아보았지
너는 달에서 낙오되어 그곳 사람이 되었으니
달나라 천수가 된 토끼 부부는 안녕하신가
노쇠한 기력으로 지금도 떡방아를 찧고 계신가
내 소식 전하려 보낸 누리호는 만나 보았나
백년 만에 가장 크게 열린 창이라고 했지만
네 모습은 보이지 않으니 북극성으로 여행이라도 하였던가
다행이 이웃할 수 있는 토끼 부부 있으니
절구질이라도 도와주면
떡이라도 나누어 먹을 수 있지 않겠나
내가 생각나거든 계수나무 잎으로 SOS를 치게
은하수가 마르기 전에 쪽배를 타야 할 테니,

2장

수필

관음죽과 군자란의 사랑

봄 여름 가을 겨울 사철 푸른 관상화초 관음죽 군자란은 그 자태가 품위 있고 우아하다.

어느 집에서나 한자리 차지하고 사랑받을 이름도 고귀한 이 화초.

하나씩 늘어나는 화분들이 옹기종기 예쁜 꽃을 피울 때 그 기쁨으로 화원이나 재래시장의 꽃전을 보면 작은 화분을 하나씩 사 들고 왔다.

주택 뜰 앞에 화분의 숫자가 늘어나면 재산이 늘어난 것처럼 부자가 된 것처럼 보는 것만으로도 흐뭇했다.

아파트 이사를 몇 번 하고 옮기면서도 화분의 사랑을 버릴 수 없어 옮길 때마다 별도의 차량으로 정성을 다해 다루고 햇빛이 제일 잘 드는 발코니에 자리 잡아 주고 목마를 새라 물 주는 것도 지극정성으로 했다.

물론 이사할 때마다 버림받는 것도 많았지만 열심히 꽃을 피운 예쁜 녀석을 위해 게으름피운 녀석들이 희생된 것은 당연하나 그래도 사랑을 주었던 것 생각하면 아까운 마음은 매한가지다.

주택에서는 뜰 위에 화단에 장독대에 예쁘게 놓아주면 되지만 아파트는 구조에 따라 평형에 따라가는 집마다 많은 수와 큰 수종은 옮길 때마다 문제가 되었다.

젊을 때는 의욕도 체력도 있어서 화분에 사랑을 나눌 여유도 있었지만 은퇴한 지 십여 년이 된 지금은 나태해지고 아무것도 손에 잡히지 않는다.

화분은 사랑과 정성이 지극해야 예쁜 꽃을 피워주는 것을 알면서 하기 싫어지고 급기야는 무관심하게 되고 이사할 때마다 부담스러운 짐으로 느껴지고 숫자가 줄어드는 것은 어쩔 수 없는 현실이다.

버림받는 것은 제 역할을 다하지 못한 녀석들이지만 버리는 마음은 다 같이 짜안하다.

나의 무관심으로 아내가 몇 번을 집을 옮기면서 하나라도 더 놓지 않으려 하고 조그만 하찮은 생명이라도 정성으로 가꾸어 꽃을 피우게 하는 그 마음을 나는 안다.

여자의 마음으로 엄마의 마음으로 아직 살아있는 화초에 사랑을 주는 것인 것을.

특별히 정성으로 아끼고 사랑을 더 준 아주 귀한 관음죽과 군자란이 있다.

관음죽의 그 힘 있는 잎 강한 줄기는 남자의 기상 같다.

강한 생명력은 수분이 없어도 영양이 없어도 스스로 견디어 고난을 이겨낸다.

내가 가장 아낀 관음죽.

수십 년을 희로애락을 같이하며 내 키보다 더 큰 가족 같은 관음죽이다.

새로 자라나오는 순을 떼어내 분가를 많이 시켰지만 나는 처음 만난 원뿌리 세 촉을 계속 가꾸었다.

또 관음죽과 같이 항상 옆자리를 지키는 군자란, 우아한 자태 기품 있는 모습은 넉넉함을 품은 여인 같은 온화한 모습이다.

강산이 몇 번 바뀐 오랜 세월을 함께 지내며 우리의 변천을 같이 지켜본 또 하나의 가족.

지금까지 분가한 어미를 닮은 수많은 자식들도 또 자식을 분가시키며 어디에서 예쁘게 자라고 있을 것이다.

매년 봄의 기운이 느껴지면 촉마다 꽃대를 올려 밀어 주먹 같은 꽃망울을 만들고 주황색 꽃덩이를 피우는 군자란, 언제나 관음죽과 함께 예쁜 모습을 보여주는 군자란, 그러나 이 좋은 화분을 두고 내가 게을러지고 무관심해지면서 물주기 분갈이 거름주기 등 옛날에는 재미로 하던 것을 이제는 하기 싫어 관심도 갖지 않은 지 오래되었으니, 또 큰 집은 발코니가 넓으니 불편 없었으나 지금 아주 작은 곳으로 옮긴 후로는 공간이 비좁아 큰 화분을 주체할 수가 없다, 세월의 변화로 그렇게 사랑하던 화분들이 애물단지가 되고 그 화가 내게 돌아올 줄이야 예전에는 생각지도 못했던 일이다.

작은 아파트로 온 지 한 해 겨울을 넘기고 두 번째 겨울 첫눈이 내린 날 큰 화분들을 모두 경비실 앞에 옮겨다 놓고 버린다고 했다.

경비원이 팔아야겠다고 했지만 어떻게 했는지는 모르나 다 없어진 것이다.

수십 년 정을 주었던 관음죽도 없어졌다, 좁은 베란다에 키가 크고 잎이 펼쳐져 지금의 아파트에는 맞지 않는—공간이 좁은 것이지만 아쉬움을 느낄 새도 없이 첫눈이 내린 12월 어느 날 깊었던 정을 내치고 말았다.

키가 크고 잎을 넓히는 관음죽과 달리 군자란은 우아하고 조신해서 내침을 면하고 다년생으로는 유일하게 남아 몇 개 조그만 화분들과 변함없이 자리를 지키고 따듯한 햇살을 받으며 겨울을 나고 봄이 되었다.

그런데 군자란에 이변이 생겼다, 한해도 거르지 않고 피우던 꽃대가 올라오지 않았다.

기다려도 기다려도 영영 꽃을 피우지 않았다, 이상하다, 한해도 거르지 않고 우아하고 우람한 꽃을 피웠는데 웬일일까? 별생각이 다 들었다.

꽃이 피지 않으니 결국 내가 영양공급 안 해주고 돌봐주지 않은 걸로 이유가 되었다.

결국에는 꽃을 볼 자격도 안 되는 인간이 되고,

그러나 나는 난의 외로움을 보고 깊이 생각했다. 혼자 깨달았다.

군자란이 꽃을 피우지 않은 이유를….

몇 번의 이사에도 헤어지지 않고 항상 곁에 같이 있던 관음죽이 없어졌다는 것을 떠올렸다 예쁘게 잎을 키우고 해마다 탐스러운 꽃을 피우며 부부 같은 세월을 지내온 관음죽과 군자란.

관음죽을 눈 위에 버리고 맞이한 새봄, 홀로 남은 군자란은 꽃을 한 송이도 피우지 않았다.

혼자 남아서 외로운 것이다, 그리운 것이다, 보기 어려운 꽃까지 피워 사랑을 답하던 관음죽을 그리워하며 잎에 생기도 윤기도 없이 마음의 병을 앓고 있는 것이다.

수십 년 사랑을 생이별시킨 이 인간을 원망하고 있는 것이다.

누구를 위해 꽃을 피우겠느냐고… 사랑을 잃고 무슨 낙으로 꽃을 피우느냐고….

원성이 들리는 듯하다.

미안해, 너를 이해해, 그 오랜 사랑을 생각 없이 갈라놓은 속없는 이 인간이 후회해.

봄비가 꽃잎을 떨구는 오늘따라 난이 더욱 외로워 보이는 것은 생이별한 관음죽을 그리워해서일 것이라고.

제대로 관리해 주지 못하고 터무니없는 궤변으로 응어리를 전가하는 못난이.

꽃을 피우지 않은 군자란을 이해하며 무기력해지는 이 인간의 변명이 미안한 마음이다.

난! 미안해 곁을 지켜주던 기상 좋던 죽이 없으니 얼마나 외롭고 허전하겠어.

너의 사랑을 생이별시킨 인간을 원망해. 미안해, 미안해.

시대샤쓰 시대백화점

며칠 전 일이다. 일요일 하릴없이 TV를 보다가 정신이 번쩍 드는 전율을 느꼈다.

그것은 KBS 진품명품 프로그램에서 포장도 뜯지 않은 채로 나온 '시대샤쓰'를 보았기 때문이다. 저것이 언제 적 것인가, 어떻게 포장도 뜯기지 않고 지금까지 남아 있는가, 갑자기 멀어졌던 옛날이 떠오르며 야릇한 기분 어찌할 수 없이 흥분된 마음을 추슬러야 했다.

아! …사자표 시대샤쓰 시대복장 시대백화점!

1968년 봄 군에서 제대한 나는 집안 형님의 소개로 소공동 모 회사에 일 년 가까이 근무하다가 재미를 붙이지 못하고 눈을 돌려 요행으로 몸을 담은 곳이 바로 이웃에 있던 시대백화점이었다.

백화점엘 드나든 인연이기도 했다.

시대백화점은 명동 입구와 마주한 소공동 모퉁이에 있던 건물로 지금 보면 자그마하지만 당시에는 서울 중심의 손꼽히는 신식 백화점이었다. 한국은행 위쪽으로 국제호텔 한진빌딩과 나란히 시대백화점 미도파백화점 산업은행이 있는 역사 어린 소공동 거리. 거기에 나의 옛날이야기가 있다.

국제호텔…거의 매일 아침 호텔커피숍에서 노른자를 퐁당 해 주는 쌍화차를 같이 마시던 그 친구는 지금 어디에 있나….

시대백화점은 이름 그대로 시대복장의 본부이다.

시대복장은 우리나라 복식의 변천에 큰 역할을 한 근대적 기업이다.

조광 와이셔츠와 같이 우리나라 화이트 칼라 붐을 일으킨 굴지의 의류 업체였다. 당시 의류 전문기업으로 주종품목은 와이셔츠이나 다양한 디자인으로 시대백화점은 의류 전문백화점이었고 나란히 앉은 미도파 백화점은 양품 전문점으로 불빛부터 다른 이름값을 하던 역사가 있는 백화점이었다. 미도파백화점 5층에는 당시에는 다른 나라의 문화가 이루어지는 카바레가 있었고 지하에는 이른바 빠징꼬라고 하는 슬롯머신 도박장이 있었다.

미도파백화점은 신문화를 선도한 서울의 명물이었다.

백화점에서의 근무는 낙원이라고 하는 것이 맞는 표현이다.

당시의 백화점에 근무하는 여성들은 자신을 가꾸고 꾸미는데 한 발짝 진보한 사람들이었다. 사자표 시대샤쓰는 부산에서 소규모로 시작하여 복식 변화의 물결을 타고 크게 번창하면서 부산에 제일 공장을 두고 서울로 진출하여 미우만백화점을 인수하여 시대백화점으로 이름을 바꾸고 의류 전문백화점으로 운영하였으며 수출 제일을 추구하며 개최한 박람회 자리에 구로공단을 조성하면서 시대복장도 공단 요지에 공장을 증설하여 사자표 시대복장이 번창하였다.

시대샤쓰는 당시 선물용으로도 최고의 인기였다. 예쁜 포장지로 간결하게 포장된 상자는 받는 사람의 기분을 돋우는 점원의 예쁜 솜씨가 한몫 더하던 때이다.

시대백화점에 몸담았던 그때는 명동의 추억도 꺼내지 않을 수 없다, 남대문로를 사이에 두고 명동과 마주 보고 있으니 같은 생활권으로 점심시간에는 명동으로 건너간다.

동료들과 어울려 자유를 만끽하는 시간이다, 사보이호텔 골목 돈까스집에 많이 갔고 칼국수 순두부가 즐겨 먹던 메뉴인데 이유는 가격이 싸서이다, 꼬치에 꿰어서 전기로 굽던 전기구이 통닭도 제일 만만하던 것. 맥주를 마시며 즐기기에는 가격 대비 최고의 메뉴다.

소공동에서 명동으로 가려면 그냥 길 건너가면 된다. 지금처럼 차가 줄을 서지도 않았고 건널목도 없고 신호도 없다. 무단횡단 남의 눈치도 상관없던 때다.

구로공단에 가면 공장에서 일하던 아가씨들이 엄청 많았는데 시대 복장뿐만이 아니라 공단 내에 봉제업체, 전자업체에서 퇴근 시간이 되면 길이 미어질 정도로 쏟아져 나오는 아가씨들. 전국에서 초등학교 중학교 졸업하고는 서울로 돈 벌러 나와 자리 잡히면 아는 친구들 불러 올리고 한방에서 자취하며 생활하던 아가씨들 명절이 되면 회사 측에서 버스를 대절해서 전라도 방향으로 경상도 방향으로 강원도 방향으로…. 태워다 주고 돌아올 때 역순으로 데려오는데 고향에 가면 흩어져 있던 친구와 새로운 정보를 얻고 더 좋은 조건이면 그 친구를 따라가기 때문에 이탈을 막기 위해 다시 돌아오는 교통편을 제공하는 것이다. 명절 때는 차 타기가 어려워 편의를 제공하는 측면이다, 당시에는 열차 버스 정말 타기 어려웠으니까…. 그때는 휴가도 지금처럼 길지도 않았고 고향에 갔다가 돌아오기 싫으면 안 오면 그만이니 돌아오지 않으면 생산에 차질이 생기니까 이렇게 해서라도 손을 확보하려는 방편이다.

의류 섬유 봉제 전기 전자 조립 가발 등 노동집약적 산업은 한 사람의 손이라도 잡으려고 기숙사를 제공하며 거의 매일같이 잔업을 시켜 생산량을 늘리기 위해 어린 소녀들의 노동력을 최대한 이용하였다. 1960년대 중반 한국수출산업공단이 설립되면서 우리나라의 수출산업의 중추적 역할을 한 곳이고 당시의 여건으로는 노동집약적 산업으로 출발하여 대한민국을 수출 강국으로 이룩하는 데 기틀이 된 구로공단이다. 그렇게 되기까지에는 전국에서 모인 어린 여공들의 애환과 고생이 밑바탕이 된 것이다.

시대복장. 시대샤쓰, 그 멋진 옷을 만들던 소녀들 지금은 70 전후가 되었겠다. 당시에는 시대 와이샤쓰가 전국의 큰 도시마다 영업부를 운영했는데 수금을 하러 승용차를 타고 직접 다녔다. 온라인이 없던 때이니.

백화점이 시내 중심에 있으니 생활권이 소공동 명동 무교동이고 누하동에서 친구와 자취를 했지만 거의 매식을 했다.

혼자인 젊은 나이에 그 생활이 훨씬 편하고 즐거웠다.

저녁 시간이면 먹고 마시고 놀다가 통행금지가 임박하면 누하동까지 달리기도 했다. 방범대원에게 잡혀 파출소에 잡혀 있다가 아침에 종로서에서 나온 닭장차를 타고 응암동 즉결 심판소에 가서 열 명씩 일렬로 서서 차례로 호명하고 답하면 "벌금3,000원!!!"때린다. 잡혀 온 사람들이 많으니까 편하게 약식재판이다. 통행금지위반이 무슨 큰 죄인가? 그 자리에서 벌금 내고 급히 일터로 간다. 시대백화점에 몸담았던 그 시절은 내 나이 황금 같은 시기이었는데 허영에 빠져 앞뒤 생각 없이 현실에만 현혹되어 착각 속에 세월을 보냈다.

시대복장에서 생산한 다양한 의류는 백화점을 장식하고 그 옷을 입는 나는 자칭 멋쟁이였고….

시대백화점에서 잊을 수 없는 사건이 있다.

1971년 12월 25일 대연각 호텔 화재 사건이다. 크리스마스 들뜬 기분으로 영업 시작 시간에 건너편에서 연기가 솟아오르고 삽시간에 최고층까지 불길에 휩싸였다.

그야말로 난리가 난 것이다. 발을 구르는 사람들이 길을 메우고 보는 사람들의 비명까지 주위가 아수라장이었다.

당시의 소방 장비가 22층 화재를 감당할 수도 없고 검은 연기가 무섭게 내뿜는 창마다 상체를 내밀고 불길을 피해 그 높은 곳에서 창밖으로 뛰어내리니 보는 사람들의 마음은 어떻겠는가. 크리스마스이니 투숙객도 많았고 인근에서 바라보는 나도 안타까워 발을 굴렀다, 헬리콥터에서 내려주는 줄을 잡고 불길을 벗어난 사람, 매달려 이동하다가 중간에서 손을 놓쳐 떨어지는 사람, 참 안타까운 일이었다.

내가 서 있던 소공동 골목길에 박정희 대통령이 나타났다.

멀리서 차에서 내려 걸어와 수행원들과 한참 머물다 돌아갔지만 어쩌랴… 나는 새도 떨어뜨릴 막강한 대통령도 권력으로 할 수 없는 일을 느끼지 않았을까? 그 사건 이후에 고층 건물 옥상에 헬리포트가 의무적으로 설치되고 방화시설도 엄격해졌다.

이런 일을 경험한 것도 시대백화점에 몸담고 있음이었다.

지금 그때를 생각하니 같이 어울리는 친구가 있기에 홀로 외로웠던 내 생활이나 고향을 떠나 서울에서 꿈을 키우던 그들이나 한때의 즐거움을 가슴에 남겨두고 있겠지. 한 시대 의류 변천사를 주도한 시대샤쓰, 대한민국의 60-70대 남자라면 사자표 시대샤쓰를 입어보지 않은 사람 없을 것이다. 그렇게 의류업계에 바람을 일으켰던 시대복장도 역사 변화에 따라 간판이 바뀌고 새로운 의류업체가 우후죽순처럼 난립하니 시대복장이 품었던 알들이 부화해서 2세 3세로 이어지는 것이라 믿는다. 시대백화점은 미도파로 흡수 합병되었다가 지금은 롯데가 되고 시대 미도파 건물이 하나로 연결되어 아는 사람만이 알아보게 되었다.

한 시대 유행을 선도했던 시대백화점 사람들 지금 그들은 모두 행복하게 잘 살고 있을 것이다.

시대샤쓰!!! 진품명품에서 선보인 그 제품은 몇 년생인지….
KBS 소품이었기 때문에 지금까지 잘 보존된 것 같다.
오래도록 보존되기를 기원한다.

열 살 때 교육이 평생을 간다

사회가 급속도로 변하고 발전하여 가히 상상할 수 없는 문명이 인간을 지배하고 지배당하고 인간은 또 다른 문화를 창조하여 무한한 시대에 우리는 함께 어울려 살고 있다.

이제 세계가 하나로 통하는 시대다. 백의민족, 단일 민족이 아니다.

세계 어느 민족과도 사돈이 되고 동양 며느리 서양 사위가 되는 세상이다. 변하는 세상을 따라잡지 못하면 낙오자가 되는 세상이다.

그러나 아무리 문화가 발전해도 따라가지 말아야 할 것이 있으니 영상매체가 첨단으로 나아감에 따라 급속도로 확산되는 저질 언어, 곧 욕설이다.

더욱 걱정되는 것은 새로운 욕설을 개발하는 것이 유행처럼 인식되고, 욕설을 부각해 흥미를 유도하고 인기로 이용하려는 신세대 직업 群들이 있으며, 그것을 묵인하고 당연시하며 문제 삼지 않는, 함께 어울리는 기성세대들도 있다는 것이다.

욕설이 아무렇지도 않게 아무 곳에서나 생활의 일부분처럼 사용되는 것은, 자라나는 청소년들이 쉽게 접하는 영상매체의 영향이 대단히 크다 하겠다.

내용의 흥미를 폭언으로 나타내, 보고 듣는 이로 하여금 자극을 느끼게 하려는 것인가? 학생들이 거리낌 없이 욕설을 섞어 대화하고 남녀의 분별도 없으니 참으로 걱정스러운 일이다.

청소년들은 주위를 의식하지도 않으며 장소도 아랑곳하지 않는다.

전동차 내에서 쇼핑센터에서 학교 내에서 언제 어디서든지 몇 명만 어울리면 큰소리로 자연스럽게 아무 거리낌 없이 욕설을 섞어 목청을 높인다. 생활의 일부분으로 생각하는지도 모르겠다.

아니면 그것이 멋이 있고 우월한 자신을 과시하는 것으로 잘못 알고 있는지도 모르겠다.

아니 아무 생각 없이 자연스러운 습관일 것이다.

욕설이 심해진 것은 오래된 역사가 아니다.

사회의 책임, 문화의 책임이요, 청소년들의 개방적 생활에서 문명의 발달에서 파생되는 독버섯 같은 질병이다.

상상도 할 수 없었던 문명의 부작용으로 보면 지나친 어리석음인가?

이제 욕설을 수치로 생각하던 과거 세대들이 자라나는 청소년들의 언어정화에 관심을 가져야 한다. 영화관에서 듣고 보는 민망한 욕설과 행위는 비록 한정된 공간에서만의 공인된 예술작품이라 할지라도, 경계의 대상이요, 지나친 표현의 작품은 재고 돼야 한다.

이것이 기성세대의 할 일이요, 사회를 정화해야 할 책임인 것이다.

청소년의 문란해지는 언동을 방관하는 것은 충. 효. 예의 교육을 받고 살아온 우리 세대의 유기 아닌가?

보고 듣고 배우는 어린이들은 그것이 자연스러움으로 알고 있을 것이다. 이것을 일깨워 줘야 한다.

유치원에서 초등학교에서 중, 고등학교에서 언어순화 운동을 펼쳐서 정화해 나가야 하고 기본적인 예의와 언동을 스스로 느끼도록 교육해야 한다.

학교 교육은 물론이려니와 영상의 힘을 빌려 쏟은 것을 다시 주워 담는 심정으로 어린이와 청소년들에게 잘못된 인식을 바로 잡아줘야 한다.

그래서 청소년에게 꼭 필요한 것이 人性教育이다.

그러나 지금 사서삼경을 교육할 수는 없다.

시대에 뒤떨어진 발상이라고 핀잔할 것이다.

충, 효, 예를 가르치던 시대에는 행동을 신중히 하여 자신을 낮추고 상대를 더 높여주는 예절이 일상이었기에 폭언도 폭력도 자제되었으며 끔찍한 사건 사고를 억제하는 밑거름이 되었다.

이 시대에 충을 교육한다면 이념이 다른 자부터 교육하기를 거부할 것이다

그러나 국민이 선출한 국가 원수에게 신뢰와 도리를 다하여야 함은 당연한 것이며, 일찍부터 부모에 효도하고 사회생활에 예를 다하는 성품을 만들어 줘야 성인이 되어서도 몸에 익히고 배어 있는 말과 행동이 아름답고 바른 사회를 이룰 수 있는 것이다.

서당에 가서 체험하는 며칠간의 행사성 교육이 아니라 유치원에서 고등학교에 이르기까지 국가 교육 체계에 포함되어야 한다.

행사로 그치는 교육이 아니라 근본적인 교육이 필요한 것이다.

점점 문란해지는 청소년들의 예절에 성균관이 무관심한 것은 또 다른 직무 유기다, 성균관은 예로부터 동량을 배출하는 교육의 근간이 아닌가?

욕설은 문화도 아니고 민족중흥과 세계화와는 더더욱 관계없는 사회악이요 공해일 뿐이다.

나아가 언어의 예절 행동의 예절 마음의 예절을 교육하고 실천하는 국민에게서는 폭력도 없고 사건도 없는 평안한 사회가 될 것이라 확신한다.

훈훈하고 정감 넘치는 사회 성인들이 솔선수범하여 앞으로 자라나는 청소년들이 예절을 잘 이해하고 지키는 대한민국이 되기를 간절히 바란다.

바람

고추 심고 감자 심던 산을 등지고 양지발랐던 밭에 큰 키 자랑하며 우뚝우뚝 솟은 아파트 숲 사이로 바람 소리가 들렸다.

"얘들아 내가 나이가 제일 많으니 내가 먼저 내 소개를 할게.

우리 이렇게 한 울타리 안에서 함께 살게 되었으니 서로 인사하고 지내자. 나는 소나무라고 해. 나이는 환갑이 넘었지만 한창 멋지고 힘 있는 때야.

고향은 강원도 평창인데 내가 살던 곳에는 일가친척 친구들이 많았어. 서로 마주 보며 잘 지냈는데 올림픽 시설을 짓는다고 우리가 오랫동안 뿌리내리고 살던 땅을 파헤치면서 쫓겨나서 서울 어디 가까운 곳 임시보호소에 와 있다가 누가 나를 예쁘게 봐서 여기로 오게 되었지.

보호소까지 같이 왔던 친구들은 나보다 먼저 어디로 팔려 간 친구도 있고 아직 남아 있는 친구도 있고, 이제는 다시는 살아서는 볼 수 없는 이산가족이 되었단다. 좋은 곳으로 와서 새로운 친구들 만나 같이 지내게 돼서 반가워.

솔인데 그냥 이어서 소나무라고 하고, 일가친척이 많아. 나는 학계에서 말하는 적송이라고 하는데 조선의 뿌리를 이어받은 백의가 아닌 토종이야. 모양도 멋지고 인간들이 여러모로 선호하는 대표라고 할 수 있지. 중국에서 우리와 비슷한 종류를 수입해서 닮은꼴도 있고 일본에서 수입해서 목재로 이용하는 리기다라는 것도 있는데 품위는 우리가 제일이지.

나는 사시사철 잎이 푸르고 힘이 약해진 잎은 스스로 떨구지만 겨울에도 눈이 덮여도 푸름을 유지해서 예부터 우리에게는 부쳐진 수식어가 많아.

선비들이 시제로도 화가들이 화제로도 많이 쓰고 우리 조상은 정승 벼슬을 하사받은 분도 재산을 물려받은 분도 국가에서 보호받는 분도 많아서 우리들도 긍지를 갖고 어디서든 당당하게 살고 있단다."

"내가 두 번째로 크니 내 소개를 할게. 나는 느티나무라고 해.

나는 강화도에서 살다가 왔어. 친구들이 엄청 많았는데 어느 인간이 와서 숨도 못 쉴 정도로 트럭에 실려와 임시로 대기하고 있다가 여럿이 왔는데 가까이 있는 친구도 있고 멀리 떨어진 친구도 있고 우리는 나이는 많지 않지만 의젓해서 귀하게 대우받으며 살아.

우리나라 일본 중국 대만 등에서 지금은 유럽까지도 많이 살고 삼척 도계읍에는 1000년을 사신 조상님도 계시고…. 우리 조상님들은 오래 사셔서 나라에서 원로 대우 받는 것 소나무 형에게 지지 않아. 예부터 명당마을 명당자리에 자리 잡고 행사 때면 음식도 많이 받고 절도 많이 받던 어르신들도 지금까지 나라에서 보호받는 조상님들도 계시고…

우리도 꽃을 피우는데 인간들은 잘 몰라. 암꽃 수꽃이 한 나무에서 피고 가을에는 열매도 맺지만 작고 볼품도 없어서 관심은 없어. 가을이 되면 잎을 모두 떨구는데 그건 다음 해를 다시 시작하기 위한 지혜고. 그래서 소 형보다 못할까? 내 소개는 여기까지야."

"그러면 가깝게 있는 내가 할게.

나는 살구나무라고 해.

소 형 느티 형처럼 우리는 오래 살지 못해서 대우받고 우러러보는 조상은 없지만 우리는 봄이면 예쁘게 꽃을 피우고 열매를 맺지. 살구라고 하는데 아주 귀한 과일이야. 눈여겨 찾지 않으면 맛을 보기는커녕 구경도 못 하는 이가 더 많고 흔한 어느 과일보다도 색도 예쁘고 몸값이 비싸서 돈 아까운 사람은 망설여서 맛도 못 보지. 그리고 우리가 만드는 씨는 행인이라고 가래 천식 호흡기 질환에 한약재로 쓰이니까 더욱 귀한 거야.

느티 형처럼 겨울이면 잎을 모두 떨구어 겨울 채비를 해 그래서 새봄에 꽃을 피우고 열매 맺을 준비를 하는 거야. 우리 형제들이 많이 모여 있는 곳에서는 열매를 많이 생산하기 위해 모두 함께 노력해. 나는 밉보여서 여기까지 와서 자리 잡았지만, 오히려 잘됐다고 생각해. 열매 잘못 맺었다고 괴롭힘도 안 받고 인간들이 괴롭히지 않으니 아주 행복해.

그리고 우리는 사촌도 있고 육촌도 있는데 거의 같은 시기에 꽃을 피워서 열매를 맺고 서로가 이름은 다르지만 인간에게 용이하게 도움을 주니까 사랑도 받고… ."

"그렇구나, 반가워. 나는 모과라고 해.

나는 살구 친구처럼 부지런하지 못해서 열매는 맺지만 가을이 되어야 값을 해. 참외처럼 생긴 것이 나무에 달리니 木瓜라고 하는데 그냥 모과야. 과육이 단단하고 향이 짙어서 술이나 차를 만들어 이용하고, 살구 친구처럼 그냥 먹을 수 있는 게 아니라 인간들이 많이 좋아하지는 않지만 한방에서는 많이 쓰이고 못생겼지만 값어치는 있다고 자부해.

우리는 중국이 본인데 한국에 이주한 지는 천년이나 되었고 예로부터 열매는 귀하게 여겨서 시인 묵객들도 시제로 화제로 많이 썼지. 이제는 한국에 오래되어 본은 잊어버리고 한국에 뿌리내려 잘 살고 있어. 우리 조상이나 친구들 모두 몸값도 비싸 어디서든지 귀하게 대우받고 잘 지내고 있어."

"이번에는 내 소개를 할게. 나는 단풍이라고 해.

고향은 전라도인데 전국 어디를 가도 우리 형제들이 많아. 우리는 살구 형이나 모과 형처럼 열매를 맺지 않지만 아주 작은 꽃이 다발로 뭉쳐서 피고 가을에는 단풍과 같이 씨앗이 맺혀서 바람에 흩어져.

인간들에게 정서적으로 도움을 많이 주지. 몸매가 아름답고 잎 모양이 예쁘고 가을이면 잎이 노랑 주황 빨강으로 변해서 사람들이 우리를 보러 먼 곳까지 여행을 다녀. 그래서 흔하게 많이 듣는 말이 단풍놀이 단풍구경. 못 보면 손해라도 보는 양 돈을 들여서 먼 곳까지 사서 고생을 해.

우리 가족 형제들이 푸르던 잎을 붉은색으로 바꾸기 시작하면 인간들은 우리를 보고 아름답다고 목소리를 높이고 같이 사진을 찍고 붉게 아름답게 이름 있는 곳에서는 교통전쟁도 치르고 반면 우리 형제들 덕으로 두둑이 배불리는 이기적인 인간들도 있지만 우리 형제들은 그저 피곤하고 힘들기만 할 뿐 아무 소득도 없으니 그냥 무관심해. 나는 이렇게 조용한 곳에 와서 좋은 형들과 같이 지내게 돼서 행복해. 가을이 되면 내가 변하는 모습을 봐 붉은색으로 변할 때는 내게도 예쁘다고 할 거야. 색이 미워지면 모두 떨구는데 겨울을 나기 위한 지혜고 새봄을 준비하는 과정이니, 느티 형 살구 형 모과 형 우리 이곳에서 함께 잘 지내자."

"그러면 이번엔 내가 소개할게. 나는 벚나무라고 부르는데 버찌라고 하는 작은 열매가 달려서 사람들이 그렇게 불러.

우리는 대한민국 어느 곳엘 가도 볼 수 있고 봄이 되면 잎새보다 꽃이 먼저 화사하게 피어서 우리가 꽃을 피우면 전 국민이 벚꽃놀이, 벚꽃 구경으로 마음이 들떠서 아마 우리들 꽃 때문에 좋은 일들 많이 일어날 거야. 우리 꽃을 보고 맘이 들뜨지 않는 이 별로 없거든. 단풍 친구가 가을에 아름다운 색깔로 유혹하듯 우리는 봄에 화사한 꽃으로 들뜨게 해. 인간의 마음을 유혹하는 힘은 단풍 친구보다 더 할걸?

우리의 본이 일본이라고 말하는 사람들 많은데 사실은 한국에서 조상님이 자손을 퍼뜨려서 어느 구석엘 가도 우리를 만날 수 있어. 일제 강점기 때 사쿠라라고 불렀는지 지금도 그렇게 부르는 인간들도 있대.

우리들도 사촌도 육촌도 있는데 결국은 모두 한 가족들이야.

옛날 먹거리 귀한 시절에는 아이들이 우리 열매 버찌를 많이 따 먹었는데 입 주위가 자줏빛으로 물든 모습이 귀여웠지. 지금은 아이들이 먹는 건지조차 모르고 우리를 닮은 수입품 체리를 좋아하는데 외국에서 우리를 개량한 건지…. 우리를 코리안 체리라고는 해.

우리 형제들이 많은 곳은 봄이면 전국에서 관광객이 몰려서 버스가 도중에서 접근도 못 하고 돌아오기도 해. 그만큼 우리 형제들이 아름답게 꽃을 피우니까 나도 여기에 오게 된 것도 꽃 때문이지 봄 되면 이쁘게 꽃을 피워 자랑할게."

"나는 목련이라고 하는데 나도 봄이 되면 꽃을 피워. 우리 목련은 꽃이 우아하고 꽃송이가 크고 색깔이 고와서 꽃을 피울 때는 불빛을 비추는 것처럼 주위가 환하게 느껴질 정도로 보기가 좋아. 누구보다 부지런해서 봄 되면 남보다 먼저 송이를 맺고 꽃잎을 피워서 인간들에게 봄을 먼저 알리는 역할도 해.

우리는 아쉬운 게 꽃이 피어있는 날이 짧아서 금세 꽃잎을 떨구고 다른 친구들처럼 좋은 열매도 없어서 꽃이 피어있는 날까지만 인간들에게 호감을 받고 금세 잊혀지지만, 예전부터 선비들이 우리 꽃을 좋아해서 먹그림으로 많이 그리고 우리 꽃모습이 수련과 비슷해서 우리를 목련이라고 하는 거야. 문인화에서 말하는 군자중 하나로 치지.

모과 형이 진과를 닮아서 모과이듯 우리 꽃은 수련을 닮아서 목련… 오래전 우리 조상 이야기가 전하기도 하고 많은 고서에 우리 이야기가 많은 걸 보면 역사가 깊은 것 같은데 우리는 원래 제주도가 본거지래. 지금은 어느 곳이고 모두 흩어져 살지만…. 오래 사시는 조상도 없고 주위에 형제도 드물어서 외롭고 나에 대해서 제대로 알지 못해, 좋은 소개를 못해 미안해.

대신 키 작은 친구들을 소개할게.

우리와 모습이 다르고 성질도 다른 영산홍이라는 저 친구는 저들끼리 꽉 뭉쳐서 살아야 잘 살고 봄에 꽃을 피우면 정말로 예뻐. 꽃 색깔이 분홍이 많은데 어떤 녀석은 진하게 자주이기도 하고 쟤네들과 사촌 육촌 되는 철쭉 진달래도 모양은 비슷해. 사는 곳이 다르긴 해도 모두 봄이면 저들 세상처럼 꽃을 피워 인간들을 즐겁게 해. 또 시무룩해 보이는 쟤는 쥐똥나무라고 하는데 봄에 피는 하얀 꽃은 예쁘지만 꽃이 지고 열매를 맺으면 꼭 쥐똥 같다고 해서 쥐똥나무라고 해. 열매는 약재로 쓰고 관상용은 아니고 울타리로 많이 삼아. 그래서 인간들이 크게 놔두지 않고 보기 좋게 하려고 가위질을 해서 불쌍한 친구야. 그래도 열심히 가지를 뻗고 영산홍처럼 뭉쳐서 살아야 잘 살고 보기도 좋아.

아는 친구들은 많지만 지금 여기에 있는 친구들만 소개했는데 제일

어른인 솔 어르신부터 우리 작은 친구들 이곳에 같이 모여 살게 되었으니 모두모두 좋은 모습으로 헤어지지 말고 백 년 이백 년 같이 잘 살자."

아파트 단지 고층 사이로 지나는 윙윙 바람 소리가 현악기를 연주하는 듯하다.

갈라타 탑의 위용, 105*105

갈라타 탑의 위용

터키 이스탄불. 갈라타 탑은 역사가 깊다. 1500년 전 비잔틴 황제 유스티니아누스가 처음 방어를 목적으로 건립했는데 십자군 전쟁 때 파괴되고 다시 지어졌다고 한다. 1960년대 들어 내부를 수리하고 관광용 전망대로 사용하고 있으며 관광객 서비스 차원에서 레스토랑도 운영한다고 한다.

삶의 미학

어둠은 아직 걷히지 않았는데 도시의 원동력 지하철에서는 하루의 삶이 시작된다.

다양한 연령층 각기 다른 행색에 아직도 깨지 않은 잠이 아쉬운 분들 모두 바쁘게 하루를 여는 사람들이다.

신사숙녀는 보이지 않고 거의 60대 노년이요.

잘생긴 사람도 거의 없고 한결같이 누추해 보이는 군상,

그 속에 나도 끼어 앉아 앞사람 옆 사람 상을 보고 있다.

배낭을 메고 운동화를 신은 손주를 보았음 직한 저 아주머니는 어느 직장으로 이렇게 일찍 출근하시나요?

큼직한 배낭에 흙 묻은 짝퉁 운동화를 신으신 저 아저씨는 모자를 꾹 눌러쓰고 잠이 모자라셨나 봅니다. 배낭에는 무엇이 그리 많이 들어 있을까요?

검게 그을린 얼굴에 어제 저녁 과음 하셨나요?

힘든 모습이 깜박 졸다가 작업 현장을 지나칠 것 같습니다.

오늘은 일이 끝나는 대로 당신을 믿고 기다리는 가족이 있는 가정으로 돌아가 보세요. 부인께서 반가이 맞아 주실 테니 힘들었던 하루의 피로가 순식간에 날아가 버리지 않겠습니까?

어제 과음으로 몸살 했던 밤이 오늘은 즐거운 나의 밤을 찾을 수 있습니다.

70은 되셨을 듯한 저 어르신은 지난밤 철야 근무하시고 교대하셨군요.
그 연세에 잠자리가 얼마나 불편하셨겠습니까?
온몸이 찌뿌둥하실 텐데 집에 가셔서 사우나라도 하시지요
밤새 경직됐던 노구가 시원하게 풀리실 텐데……
그런데 배낭 속에는 무엇이 들어있나요?
마나님이 어제 새벽에 싸주신 도시락 두 개 비우시고 오늘 아침에 무료로 넣어드린 신문 한 부 넣어 오셨을 테구요.
연세로 보아도 보수이실 테니 조선일보를 챙겨 오셨을 겁니다.
오늘은 집에 가시면 무엇을 하시나요?
우선 한숨 주무셔야겠지요.
심심풀이로 일군 한 평 남짓한 남의 땅 텃밭에 뿌린 채소가 나올 테니 물이라도 뿌려주면 예쁘게 자라는 모습이 피로를 잊게 기분 흡족하게 해드리지요?
흐르는 세월을 잠시라도 잊으실 거구요.
정성껏 가꾸시는 채소가 자라는 만큼 영감님의 즐거움이 더해지고 건강에도 도움이 되지요.

가방을 무릎에 뉘어놓고 두꺼운 책을 펼쳐놓은 저 젊은이는 이른 새벽에 어디를 갈까…… 첫차를 타고…….
가방이 큼직하니 책이 많이 들었다면 새벽 강의를 들으려 학원으로 가는 걸까? 아니 강사님이 새벽 강의를 하러 가는지도 모르지.
수강생들에게 자신 있게 강의하려 예습을 하는 건가?
저 젊은이가 학생이라면 큰 꿈을 안고 없는 시간 바쁜 생활을 새벽잠 설치고 전철 타는 동안에도 열심히 책을 보는 모습이 대견하네.

고시를 꿈꾸는가… 입신양명의 꿈이 있다면 무엇이건 도전할 만도 하고 취업에 목마르면 혹시 공무원에 꿈을 갖고 있는가?

어떤 꿈을 키우며 사는 젊은이인지 칭찬할 만 해….

새벽부터 부지런함이 보이는 젊은 친구 그 자세가 무엇이건 어느 것이건 이룰 수 있겠네…… 꼭 이루어질 거야.

멋지게 갖추신 저 아저씨는 산에 가시는군요.

복장이 참 멋지십니다. 빨간 배낭에는 무엇이 그리 많이 들어있습니까?

어디 먼 산에 가시나요?

일찍 서둘러 나오신 걸 보니 서울을 벗어나시는 모양입니다,

멀리 가시면 배낭이 무겁지요. 준비가 복잡하지 않겠습니까?

일일 양식에 생활 도구도 준비하셨겠구요. 그런데 어찌 혼자이십니까?

어디에서 친구라도 만나시는 건가요?

직장 친구도 있을 테고 고향 친구도 있을 테고,

친구들이랑 어울리는 시간이 제일 흥겹지요, 그 순간만은 누가 뭐래도 천하가 내것입니다. 막걸리 대폿잔이 얼마나 세상 살맛인가요…

흉허물없는 잡담이 세월에 젖은 시름 잊게 하구요,

남자들의 세계에는 실속 없는 호언이 있게 마련이지요,

또 거기에는 허풍이 빠지면 재미없습니다,

작년에 산딸기 따 먹은 이야기도 자랑이구요,

물 좋고 공기 좋은 곳에서 세월을 몇 년 돌려놓고 오시겠습니다.

빵빵한 배낭 속에 작전에 필요한 전시 물품이 들어 있을 것 같습니다.

좋은 시절 좋은 계절에 나 즐거운데 누가 뭐라 하겠습니까?

약속이 되어있다면 프로그램을 머릿속에 짜 놓으셨을 테고,

관광을 가신다면 한껏 기대가 크시겠네요.

토종붕어를 낚는 손맛을 느껴 볼 수 있을까……

전선으로 나가는 비장한 각오로 등산화 끈 바짝 조여 매시고

오늘의 선봉장군이십니다.

당신의 차림으로 보아 필연 오늘의 승리자입니다.

날씨도 좋은데……

어디를 갔건 다리는 아파야지요,

정상에는 바람도 많이 불고 온산이 연두색 옷을 입고 철쭉 연홍색 무늬가 장관인 겁니다.

북한산에서 인천도 보이고 도봉산에서 평양도 보이는 겁니다.

그렇게 인생은 두꺼비 파리 먹듯 그런 표정으로 어제도 오늘도 살아가고 있습니다.

빨간 배낭 아저씨 참 잘 생기셨네요.

경로석에 팔짱 끼고 비스듬히 기대어 눈을 감고 계신 영감님,

무슨 생각 하십니까?

잠이 모자라 눈을 붙이셨나요?

지난밤에 있었던 일을 떠올리고 계신가요?

오늘 긴긴날 하루의 일과를 더듬어 보시나요?

행색은 깨끗이 차리셨는데 마나님이 열심히 챙겨주시나 봅니다.

앞에 큰 마대는 신문지 수거하신 건가요?

오늘 하루 몇 자루가 될지 모르겠습니다.

이렇게 일찍부터 일을 시작하셨으니 부지런도 하십니다,

댁은 어디신가요? 하긴 어디건 상관없습니다.

하루 종일 제자리만 도는데 잘못 탈 것도 아니고 잘못 내릴 일도 없지요,

기다리면 내릴 곳이 다시 오니까요.

1킬로그램에 몇십 원이라던데 하루 종일 돈이 얼마나 되나요?

그래도 그 연세에 노인정에 가시지 않고 새벽부터 일을 하러 나오시니

마나님이 그렇게 깨끗이 살펴 드리는 겁니다.

영감님.

하는 일 없이 늦잠 자고 해주는 밥만 비우고 노인정에 나가 10원짜리 고스톱이나 치다가 저녁 시간 되어 집에 들어오면 마나님이 이쁘게 봐주지 않겠지요?

할 일 없이 노인들 모이는 곳에 여기저기 기웃거리다가 줄 서서 무료급식으로 점심 때우고 집으로 돌아가는 길은 운동화 무게가 한 관처럼 느껴지겠지요?

그런 분들 삼일 공원 주변에 가면 엄청 많습니다,

영감님 장하십니다, 훌륭하십니다.

오늘 일찍 깨끗하게 세탁한 체크 남방 위에 조끼가 아주 보기 좋습니다.

마나님이 깨끗한 옷을 내어주실 때 오늘도 전장에 나가는 병사처럼 마음속으로 굳은 의지가 생기셨지요?

좋은 하루가 될 것입니다. 사고없이 발걸음 가볍게 돌아가셔서 마나님과 행복한 시간 만드십시오.

자식은 몇이나 두셨나요? 이미 품 떠난 지 오래되어 잊고 사시나요?

그렇지요, 자식이 몇이면 무슨 소용이 있겠습니까……….

당신께서 애지중지하시던 그 자식은 지금은 제 자식을 애지중지하고

살고 있을 텐데요.

자식이 부모의 사랑을 십분의 일만 이해하면 효자라 했는데…

바라지 마시고 의지하지 마시고 그냥 놓고 사십시오,

영감님이 지금 하시는 일에서 영감님은 떳떳하십니다.

깨끗이 입으신 옷차림에서 마나님의 사랑과 정성이 돋보이고요,

마나님 한 분으로 누가 뭐라 해도 영감님은 부끄러울 게 없는 가장 당당하신 어른이십니다.

힘내십시오, 존경합니다.

일본 온천 여행

11월 26일 오전 09시 30분 후쿠오카행 비행기를 타려고 집에서 날도 밝지 않은 컴컴한 길을 나섰다.

지하철을 타고 인천 공항행 버스를 타니 하이웨이를 달려 버스는 07시 30분경에 공항 터미널에 내려주었다.

어둠이 채 가시지도 않은 고속도로를 가로수 가로등을 뒤로 밀어내며 안개를 헤치고 버스는 하늘을 나는 듯 거침없이 달렸다.

도로나 버스나 우리나라처럼 호사스러운 곳이 없는 것 같다, 이렇게 넓은 도로 이렇게 고급스러운 버스는 유럽에서도 못 본 것 같다.

유럽의 벤츠 버스도 관광버스라서 인지는 모르겠으나 좌석이 좁고 불편하던데…

공항에서 수속을 하면서 놀라지 않을 수 없는 것은 이렇게 많은 사람들이 어디로 여행을 가는가 북새통 아우성이 맞는 표현이다.

우리나라 경제가 어렵고 뭐가 어렵고 하지만 여기서만은 그런 생각 전혀 아니다.

가족 단위 친구 단위 전 세계로 여행을 가기 위해 이 넓은 공항 로비를 들끓이는 활기 넘치는 대한민국 인천 국제공항. 참 대단하다.

표정엔 즐거움만이 넘친다. 근심 걱정 있는 사람 아무도 없다.

살기 어려운 사람 아무도 없다. 오직 즐거움 행복감만이 넘치는 공항이다.

남녀노소도 상관없고 이미 마음은 동서남북 바다 건너 나라에 들떠 있다.

후쿠오카는 거리가 가까워 지루하지 않고 제주도 가는 남짓이다.

안내원의 말로는 이륙해서 한 시간 십 분정도라고 했다,

창밖을 내다봐야 구름 위를 나니 솜이불 깔아놓은 듯 아무것도 보이지 않는다, 후쿠오카 공항에 내려 처음 느낀 것이 초라함이었다.

우리 인천공항은 웅장하고 시설이나 근무자들의 용모가 한마디로 화려한데… 이 사람들은 왜 이리 초라할까? 일본인들 특유의 인상이 체격이 작고 조밀한 것인가 싶다. 공항시설도 근무자의 제복도 산뜻하지 못하다.

입국심사 중에 느낀 점이다.

부친 짐을 찾고 무료로 태워주는 셔틀 전차를 타고 하카타역으로 가서 예약한 열차 시간도 서너 시간 여유가 있고 때마침 점심시간이 되어 인파가 많은 시장을 들러 구경하고 근사한 식당에 자리 잡았다. 셋이서 시킨 음식을 받고 보니 웃음이 나왔다. 이런… 아는게 없는 편이지, 그림은 근사했는데… 비교하자면 중국 음식 우동 울면 짬뽕 닮았는데 면만은 튀긴 라면이랄까.

주인이 웃겠다고 하며 먹었다. 하카타역은 노선이 집중된 교통의 요지였다, 유후인으로 가기 위해 한참을 헤맸다. 역 건물은 대형빌딩이고 여러 방면으로 승차장이 복잡하다.

유후인으로 가는 열차를 탔다, 우리의 열차와는 쨉이 안된다. 몇 년 전의 열차인가, 언제 건설한 철로인가, 고풍스럽고 유럽의 전차 같은 느낌이다.

예전에 우리 열차에 차장이 검표하듯 정복을 한 차장이 검표도 한다.

어떻게 보면 아기자기한 여행 기분이다.

이웃 나라에 와서 예전의 우리 정서를 느낀다. 한편으로는 우리나라 철로는 일본인들이 건설했으니 그 뿌리가 이것인가 생각도 해본다.

예전의 통일호라는 완행 열차의 기분도 느낀다.

여행은 열차를 타고 다니는 것이 재미있다.

편안한 여행으로 많은 것을 눈에 담을 수 있으니 말이다.

도시풍경 농촌풍경이 다 보이고 멀리 솟은 산도 우리의 산과 비교하게 되고 계곡을 지나며 우리의 계곡과 다른 점도 느끼고…

화산이 만들어 놓은 섬답게 바위와 흙이 검다. 이래서 지하에서 뜨거운 물이 솟아오르나보다.

두어 시간 보고 느끼며 우리의 목적지 유후인 역에 도착했다.

유후인(유포원)은 온천지대로 지형이 분지인 것 같다. 역에서 바라보는 산은 유명한 산인데 유후인 작은 도시를 감싸 안고 관광지답게 많은 사람들이 이곳에서 내렸다. 역시 한국인들이다. 끼리끼리 한국인들이 가득 차 여기가 일본인가 싶다.

역 앞에는 열차 시간에 맞춰 예약한 손님을 맞으러 많은 이들이 차를 대고 피켓을 들고 서있다, 우리도 전화를 하니 곧 승합차가 와서 이름을 대조하고 환영을 한다. 일본인의 특징이 또 하나 친절 자세였다.

지나칠 정도로 겸손한 것이 오히려 마음 불편하다.

여관에 도착하니 환영 인사가 지나치다.

우리가 예약한 숙소는 다다미방과 욕실이 있고 대중탕이 있고 노천탕이 있는 일본의 전통 여관이다. 전통 복장을 한 아가씨의 설명을 듣고 쉬었다가 정해진 시간에 식당으로 내려갔다.

일본 음식 말해 무엇 하겠나… 차려진 음식마다 한 입 거리로 차려져 있고 코스로 음식이 나오는데 적은 양이지만 여러 가지 먹으니 배는 부르다.

우리는 2박을 정해진 한 여관에서 하기로 했기 때문에 식사도 저녁 아침 저녁 아침 이렇게 4식이 예약된 것이다.

식사 때 아가씨가 식탁 아래 무릎을 꿇고 설명하는 게 일본의 문화인가 싶다.

내 몸 상태가 좋지 않아 대중탕에서 피로를 풀고 노천탕은 생략하고 방으로 돌아오니 다다미 방바닥에 이불이 반듯이 깔려있고 따듯한 물 주전자에 물수건까지 가지런히 놓여있었다.

여관에서 아침을 먹고 어디를 가볼까 하다가 구경은 기차를 타는 게 좋다고 어제 타고 온 노선을 이어가 보기로 하고 유후인 역으로 나가 오히타까지 가기로 했다. 창밖의 풍경은 우리보다 계절이 늦은 것인지 논밭은 추수를 마무리했으나 나뭇잎은 아직 거의 푸른빛이다, 농촌이라도 마을이 정돈되어 있고 들녘은 청소한 듯 깨끗하다.

멀리 보이는 산은 유난히 봉우리가 높고 안개 낀 계곡은 그림 같다.

지나치는 마을의 건물을 보고 일본을 느끼게 한다. 그중 눈에 띄는 것이 큰 마을에는 특이한 기와지붕으로 된 건물이 하나씩 있으니 저것은 무슨 건물일까?

마을마다 작은 신사가 있나 생각했다.

두어 시간 걸려 우리는 오히타 역에서 내렸다. 여기는 대단히 큰 역이다.

교통의 중심지인가 보다. 역 건물도 그렇지만 역 앞의 건물들이 우람하다.

관광객은 어딜 가나 들끓는다. 그렇게 큰 건물 안에 재래시장도 있고 오 층 위에는 다이소도 있다. 규모가 대단한데 우리나라에 있는 다이소의 본부인가? 아내와 딸은 무엇 찾아볼 게 있다고 해서 나는 스타벅스에서 쉬기로 했다. 국내에서도 스타벅스를 이용해 본 적이 없는데 해외 여행을 하니 이런 경험도 하는구나. 커피를 마시며 주위를 살펴보니 모두 문화생활을 하는 사람들이다. 점심시간이라서 쌍쌍이 커피와 빵 하나씩 놓고 무슨 이야기가 그리 많은지 손짓 몸짓이 보기 좋다. 저 사람들이 나를 어떻게 볼까, 그러나 아랑곳하지 않고 의연하게 나도 커피를 마시고 있으니… 모녀가 쇼핑을 마치고 돌아왔다.

인터넷에서 본 유명한 식당을 찾으러 다니다가 포기하고 그림이 좋은 음식점에서 점심을 먹었다. 물론 음식 이름은 모르고…. 이곳저곳 구경을 하다가 다시 오던 길로 열차를 타고 유후인으로 돌아왔다. 여관까지는 거리가 있으나 시간도 되고 구경 겸 걸어가기로 했다. 전화를 하면 차가 나온다고 했지만…

여관에서 준비해놓은 저녁을 먹고 온천을 하고. 컨디션 때문에 결국 노천탕을 못한 게 아쉽다.

2박을 하고 짐을 가지고 나와야 하는데 공항 예약은 저녁 시간이라 하루의 계획을 세웠다. 여관에서 역까지 데려다주었다. 한국인이 많은 유후인을 곳곳 관광하기로 하고 캐리어를 보관 박스에 맡기려 했으나 빈 곳이 없어서 가지고 다니기로 했다. 작은 것이니 별 힘이 들지는 않으니까. 관광지라서 작은 시골 읍내 같은 분위기이지만 깨끗하고 아기자기한 것이 거리가 예뻤다.

일본인 특유의 공예품이 많고 갖가지 먹거리도 많다.

특히 빵 종류가 많다는 걸 알았는데 유명한 빵집이라고 그 집 빵을 사기 위해 길게 줄을 선 모습이 얼마 전 군산에 갔을 때 줄을 서서 단팥빵을 산 ㅇㅇ당 생각이 났다. 역시 줄을 길게 선 사람들은 거의 한국 관광객!

이 집은 롤케이크였는데 맛이야 그게 그거 아닌가?

빵집 가까이 있는 몇백 년 되었을 별장은 옛날 이 지역을 다스리던 부호의 집이었을 것이고 그 위풍이 지금도 위압감을 느끼게 한다. 앞쪽으로 넓은 호수는 저녁 해 넘을 때 물결이 금빛처럼 빛난다고 금빛호라 한단다.

유후인의 특징은 숙박업소와 기념품과 먹거리뿐, 주민은 거의 이 업종에 종사하는 것 같다.

점심시간은 지났으나 먹거리 맛보느라 시장한 줄 모르고 후쿠오까로 가기 위해 버스를 타는데 예약번호 제시하니 아무 조치도 없이 승차다. 버스가 특이한 것이 고속도로로 가다가 중간에 일반도로로 나가서 정류장에 정차하는데 그렇게 몇 군데 섰으나 승하차객은 거의 없었고 우리의 고속버스처럼 죽기 살기로 달리지 않고 여유 있는 운전이 편안해 보이고 정류장으로 나갈 때 들어올 때 기사가 안내방송을 간단히 하는 게 인상 깊었다. 승하차객이 없는 것은 그곳 주민이 없고 후쿠오까로 가는 관광객만 있어서인가 보다 생각했다.

공항에서 늦은 점심을 먹고 면세점에도 들르고 비행기 탈 생각을 하니 마음이 가볍다. 비행기 타는 시간 한 시간 남짓이니 이웃에 마실 온 듯.

유럽은 열두 시간을 타니 힘들고 지루한데 한 시간쯤이야 볼일도 참고 가도 되겠다. 인천 공항에 내리자 느낌은 웅장하고 화려함이 역시 세계 최고다.

공항버스 타고 집에 오니 일본에서 한국 온 것과 인천공항에서 우리 집에 온 것이 시간이 같다.

가이드 비용도 무료이니 준비할 것은 "즐거운 마음"뿐이라고 한 딸.

데리고 다니느라 수고했다. 고마워, 사랑해~~~~

우리나라 자동차 역사는 1911년 처음으로 이 왕실과 총독부에서 고종황제용 미국산 포드를 수입함으로 시작되었으나 1945년 일제에서 해방 후 점진적으로 시작되었다고 할 수 있다. 일제 강점기에는 만들 수도 없었고 외국에서 들여와 사용하던 차량은 당시의 도로 사정으로 보아 자동차로서의 구실을 제대로 할 수도 없었을 것이다. 1917년 한강 인도교가 개통되고 미군이 광복 후 우리나라에 진주하면서 들여와 쓰던 군용차를 폐차 후 불하한 것을 버스나 트럭으로 개조하여 사용하고 미군 가족들이 들여온 승용차들이 택시나 자가용으로 이용되면서 자동차 시대가 열렸다. 자동차의 역사를 간략하게 보면 1955년 재일교포가 세운 시발자동차회사에서 미국산 윌리스짚을 조립생산하여 시발택시가 등장하였고 1962년 재일교포가 부천에 세운 새나라자동차에서 일본의 닛산부품을 들여와 새나라라는 이름으로 처음으로 세단형 승용차가 조립생산되었다. 신진자동차로 바뀌면서 코로나 크라운 퍼브리카가 생산되었는데 퍼브리카는 수냉식이 아닌 공랭식 2기통으로 승용차로 한몫한 자동차 역사의 한 페이지이다. 정부의 자동차 산업 육성정책으로 인수합병 등으로 업체가 바뀌고 차종도 외국의 유명회사와 제휴하여 1960년대 후반부터 차종이 다양하게 생산되었다.

새나라자동차의 새나라, 신진자동차의 코로나, GMK의 카미나, 아시아자동차의 피아트, 새한자동차의 제미니, 기아산업의 브리사, 현대자동차의 코티나, 대우자동차의 르망, 쌍용의 무쏘…자동차 회사마다 명예를 걸고 처음으로 출시한 차의 이름이다. 이렇게 승용차 화물차는 꾸준히 새 모델을 생산하며 지금까지 성능과 디자인에 눈부신 발전을 이어가고 있다.

국내에서 수작업으로 버스나 트럭의 차체를 생산하던 하동환자동차 동아자동차가 특수차량을 생산하게 된 모체가 되고 1963년 자전거 이륜차를 생산하던 기아산업에서 바퀴가 세 개인 삼륜차를 등장시켰다. 앞바퀴가 하나였지만 우리나라 도로 사정에 맞게 본격적으로 국산 화물차의 전성기를 일으켰다. 그때부터 운전수가 귀한 직업이 되었고 운전수에게는 조수라는 도우미가 필요했다. 조수는 버스나 트럭은 물론 시발택시에도 있었으며 차량 정비와 운전수가 운전하는데 불편이 없도록 차량 관리를 철저히 했다. 차량 정비소가 귀한 시절 당시의 차량이 거의 폐차를 재생한 것이어서 조수는 기름옷에 항상 손에 기름이 묻어있는 까만 모습이었다. 그 시절의 운전수 인기가 최고였다는 말이 있듯 운전수는 귀한 직업이기도 했다. 1960년대 들어 자동차 산업의 급진적인 발달과 산업 혁명으로 인한 삶의 질 향상으로 자동차의 수요는 기하급수로 늘어나 지금은 한 가구 한 대의 자가용과 3천만 면허소지자 시대가 되었다. 상상을 초월한 도로확충에도 전국의 도로는 24시간 차로 덮여있다. 2019년 말 통계로 우리나라 차량 등록 대수가 2368만여 대라고 한다. 인구 2인에 한 대꼴인 셈이니 이제 한 가구 2대 시대다.

자동차 역사에 운전수는 세월 따라 지금은 기사님이라 부르고 혹 운수업체에서는 승무사원이라고 하기도 한다.

조수라는 직업은 이제 없어진 지 오래다. 우리나라에서 처음으로 생산 운행한 시발택시의 조수는 영업을 해야 하는 특성상 호객행위를 주로 했다. 5인승 시발에서 발전한 합승은 7인승으로 웨건형이었는데 일정 장소에 세워놓고 호객으로 승객을 모아 만차가 되면 출발했다. 서울역이나 무교동에서 "청량리 중랑교 가요."하고 사방 두리번거리며 큰 소리로 외쳤는데 장난삼아 하는 사람은 "차라리 죽는 게 나요."하고 빗대기도 했다. 이것은 중랑교가 종점으로 중랑천 뚝방에 판자촌을 이루고 빈민이 모여 살았기 때문에 중랑교 밖으로는 사는 사람이 별로 없었기 때문이다. 합승이 거의 청량리—중랑교. 마장동—왕십리. 노량진—영등포. 방향으로 운행했으니 이처럼 중랑교 왕십리 영등포가 서울의 끝이었기 때문이다. 이것을 보면 서울의 도로나 인구. 생활의 모습을 짐작할 수 있겠다. 산업화로 농촌인구가 도시 근처로 모여들기 시작하면서 서울 외곽 인구가 늘어나고 도로가 정비되고 주택이 늘어나고 서울에서 외곽으로 나가는 중요지역은 교통의 영향을 받아 점차 도시화 되어갔다. 노량진 영등포에서 오류리 소사리, 청량리 중랑교에서 망우리 교문리로 왕십리에서 천호리로 서울에서 외곽으로 나가는 큰 도로가 있는 지역으로부터 발전이 이루어졌다. 교문리 하면 거의 잊혀 가는 이름이다. 도성 밖 백 리 망우리 고개 넘어 행인이 많았을 요충지 조선 태조의 능으로부터 아홉 능이 조성될 때까지 조선말 고종과 민비의 능, 홍릉이 조성될 때까지 500년 동안 많은 나그네가 쉬어간 한강을 건너려 배를 타지 않아도 한양으로 들어오는 나그네 한양에서 관동지역으로 나가는 나그네들이 하룻밤 쉬어가던 주막과 주모가 태평성대를 누렸을 한양의 관문 교문리. 왕릉으로 행하는 어차가 지나는 길목이었으니 조선시대에도 국도가 아니었을까.

자가용 시대가 열리고 이곳이 청량리에서 외곽으로 단시간 다녀오기 좋은 지역으로 상업시설이 늘어나면서 유흥지대로 소문난 적이 있었다, 근대 한때 신문 방송에 오르내리던 곳. 한적했던 시골 마을 교문리는 기하급수로 주택과 인구가 늘어 19만 구리시가 되었다.

한양의 공동묘지의 대명사였던 망우리는 지금은 망우리 공원이라 하고 시민의 휴식처로 단장하고 애국지사 저명인사가 잠든 공원으로 탈바꿈하였다. 한강에 다리가 영남지방에서 이천 광주를 거쳐 서울로 들어오는 광진교와 노량진을 거쳐 인천 수원으로 나가는 제일한강교(노량대교)밖에 없을 때의 이야기이다….

신진자동차에서 새나라라는 세단형 택시를 생산하면서 박스형이던 시발이나 합승은 점차 사라졌고 새나라 택시는 조수 없이 호객꾼이 승객을 불러 태워주고 운전수에게 수수료를 받는 방식으로 변해갔다. 새차에 승객수도 적으니 조수가 필요하지도 않았고 그러나 호객꾼은 대부분이 합승 조수하던 사람들이었다. 경인고속도로공사, 경부고속도로공사가 한창일 때에는 외국에서 들여온 트럭과 장비들 때문에 조수가 꼭 필요했다. 단기간에 완공해야 하는 국가적 시책으로 불철주야 운전수 조수가 교대로 작업을 해야 했고 그때는 조수가 운전수보다 더 귀했다고 한다. 성능 좋은 차량이 국내 생산되면서 그에 따라 조수는 부족한 운전수 자리를 메우게 된다. 이렇게 고달팠던 조수라는 직업도 시대따라 재생 버스 재생 트럭이 사라지고 점차 성능 좋은 신차가 생산되면서 필요치 않은 직업이 되어갔다. 이제는 차량에 조수는 없다. 그러면 1970년도까지 있었던 조수라는 직명을 50년이 지난 지금도 쓰고 있을까? 조수는 없는데 조수석은 있다. 최첨단 고급승용차에도 조수석이라고 한다. 조수는 일제강점기 유물 아닌가? 차량의 성능이 좋고 고급스러운 화물차에 도우미가 필요하지도 않다. 현대 사회에서 어울리지 않는 자동차의 조수라는 직명은 역사 속으로 사라진 지 오래고 잊혀져야 할 직명이다.

화물차도 조수석이 아니라 "동승석同乘席"이다.

사회적으로 계몽을 해야 할 일이다.

어려운 시절 이겨내고 이제는 대한민국이 세계에서 손꼽히는 자동차 생산국이 되었으니 실로 격세지감隔世之感이라…….

태풍피해

태풍이 온다 연거푸 외치더니 이젠 모두 사라졌나 보다.

기상통보관들이 조금은 심심해졌을 것 같다.

뉴스에서 태풍이 세 번 연속 한반도를 통과하기는 몇 년 만에 처음이라고 하던데 참 묘하게도 꼭 이때인가.

우리나라는 농산물 해산물에 태풍으로 미치는 영향이 너무 크다.

이 시기는 모든 과일 채소가 수확을 앞두고 한창 무르익은 계절인데 다가오는 추석 명절로 한껏 부풀어 있을 생산자들의 가슴을 치게 하는 안타까운 일이다. 생산자들의 고통이야 말할 수 없지만 소비자의 피해도 이만저만이 아니다.

태풍이 한번 지나가면 장바구니 물가가 엄청 비싸지기 때문이다.

500원 하던 오이보다도 작은 애호박 한 개가 태풍 덴빈으로 1000원 또 볼라벤으로 2000원 하더니 세 번째 태풍 산바가 지나간 뒤 3000원이 되었다.

살아남은 것이 귀하기도 하지만 생산량 감소에 모든 물가가 이런 상황이니 그렇지 않아도 추석 물가 하면 비싸게 사는 것 인식이 금년에는 태풍 영향으로 더욱 클 것 같다.

태풍은 생산자 소비자 구분 없이 모든 국민에게 해를 주는 공적이다.

국민의 이름으로 태풍을 고소해야겠다.

이제는 모두 지나가 TV에서는 피해라는 말을 덜 듣게 되었는데….

이것에 대해서 말을 좀 해야겠다.

被害-해를 입다. 풀이하면 이렇다.

뉴스 진행자, 기상통보관은 피해를 입었다 피해를 입지 않도록.

이렇게 말하는데 이것은 "수해를 입지 않도록, 수해를 입었다" 라든가 "피해를 당했다" 등으로 표현해야 할 것이다.

한자로 조합된 단어는 글자마다 뜻을 지니고 있어 이해를 잘해야 한다.

태풍피해 소식은 잠잠해졌지만 어수선한 사회에서 일어나는 여러 가지 사건 사고는 많은 사람들에게 해를 준다. 天災地變으로 당하는 피해는 어쩔 수 없겠으나 어떤 過誤行爲에서 일어나는 人災는 없어야겠다.

被害는 損害이니까…….

토왕성土旺城, 91*116.8

토왕성

토왕성 폭포의 위치가 강원도 속초시 설악동 산 41이란다. 깊디깊고 높디높은 암봉에 누가 어떻게 지번을 나누었을까. 그러면 산 41의 넓이는 얼마나 되며 경계는 어떻게 그었을까. 아는 사람 있는지. 궁금하다. 2013년 명승 96호로 지정되었다. 폭포를 둘러싼 석가봉 노적봉 문주봉 보현봉 문필봉 일대가 급 경사면을 이루고 병풍처럼 둘러싼 바위벽 한가운데로 폭포수가 3단을 이루면서 떨어지는 모습이 절경이다.

폭포까지 직접 접근할 수는 없고 유명한 비룡폭포를 지나 새로 조성된 경사가 심한 등산로를 따라 오르면 전망대에 이르고 멀리 폭포를 볼 수 있으나 폭포를 전망할 수 있는 운은 전적으로 날씨에 달렸다 날씨가 도와줘야 폭포를 감상할 수 있으니 말이다.

총 320m에 이르는 연폭으로 폭포의 물은 토왕골을 흘러 비룡폭포 육담폭포가 합류하여 쌍천으로 흐른다. 1970년 설악산 국립공원 지정 이후 출입을 제한했다가 2015년 일부 등산로를 조성하고 전망대를 설치하여 토왕성 폭포를 멀리서나마 볼 수 있게 되었다 폭포 북서쪽 사면에 권금성 소만물상 장군대 비선대 와선대 등이 있다.[10)]

10) 다음백과

미스터 트롯

미스트롯으로 시작한 트로트 열풍이 미스터 트롯으로 이어져 그야말로 트로트 광란이다. 세상은 어수선하고 살기 힘든데 노래가 나라를 일으키나 보다.

방송 채널을 돌리면 어김없이 트로트 프로그램으로 과거 인기로 이름을 날렸던 분들이 마스터로 레전드로 자리 잡고 노래가 하고 싶어 목말랐던 지원자들을 심사하고 있고 전국의 젊은이들이 앞다투어 경연을 펼치고 있다.

이미 심사에서 이름을 얻은 신인들은 가수로 행세를 하고 있으니 너도나도 그 꿈꾸던 무대에 서고 싶어 하던 일은 접었나 보다.

미스터 트롯으로 탄생한 TOP 7에 온 국민의 사랑이 쏠려 있다.

할아버지 할머니에게 어린아이에게 물어봐도 좋아하는 가수의 이름이 바로 나온다. 밀려나는 인기에 힘입어 모 기획사에서 행사를 기획했으나 콘서트가 코로나에 밀려 몇 차례 연기 연기 또 연기하다가 드디어 당국의 승인으로 올림픽 체조경기장에서 성황을 이루었으나 아쉽게도 관객을 제한하는 행사로 주최 측의 손실이 클 것 같고 그나마도 몇 회로 끝나야 했다. 좌석을 두 칸 건너 한 사람씩 앉도록 테이프로 봉해 놓은 것도 그 넓은 경기장 내 작업에도 많은 사람이 동원되었을 것이고 공연 시간에도 알바생들의 마스크 착용 계몽이 쉬지 않으니 생각해 보면 코로나 때문에 관객을 삼분의 일밖에 수용하지 못하고 없어도 될 인력은 많이 동원되었으니 이리저리 코로나19로 손실이 이만저만이 아니겠다.

콘서트는 TOP 7 뿐 아니라 등 외 7까지 출연하여 그야말로 흥의 도가니이나 떼창 금지로 함성을 낼 수도 없고 출연하는 가수들 노래와 춤으로 관객을 즐겁게 하지만 그 흥을 보고 있는 사람들은 박수로만 표현하라 하니 오히려 스트레스 안고 가는 것 아닐까.

공연장에서는 마음껏 함성을 질러야 흥이 이는 것인데 목까지 나오는 함성을 눌러야 하니 말이다.

미스터 트롯 경연으로 가려져 있던 별들이 나타나 대한민국을 즐겁게 하고 온갖 어려움으로 시름에 지친 국민들 남녀노소 구분 없이 모두에게 생활의 활력을 주고 있으니 이것도 필요한 요소임에 틀림없다.

그야말로 스타, 별 중의 별이다.

새롭게 꿈을 가지고 도전하는 신인들, 생활전선에서 기회를 엿보는 모든 트로트 꿈나무들이 방송 채널마다 트로트 프로그램으로 진출할 길은 활짝 열려 있다.

도전하려는 꿈나무가 콘서트를 보았으면 더욱 가슴이 부풀었을 것이다.

네 시간 동안의 흥을 가슴에 안고 늦은 시간 귀가하는 분들 모두가 생활에 시달리며 쌓였던 고민 모두 지워지고 비싼 관람료도 비싼 택시비도 아깝지 않게 흥분된 기분으로 돌아가셨으니 트로트의 효과가 오래오래 유지되었으면 좋겠다.

코로나19로 경제 사정이나 사회생활이 힘들어지고 정치문제가 시끄러워 지칠 대로 지친 이즈음 미스터 트롯으로 붐을 일으킨 모 채널이 전 국민의 가슴에 흥을 돋우어 주니 이 얼마나 다행스런 기회인가. 그러나 트로트 환상으로 본연의 직무를 버리고 자아도취에 빠지는 것을 경계해야 할 것이다. 그것은 한때의 붐일 것이니…….

경연출연자 모두 노래를 하게 되면 공급과잉으로 설 자리 찾기도 어렵지 않을까…….

모 개그맨의 유행어.

"너도나도 노래만 하려 하면 소는 누가 키우나……."

* "떼창 금지"라고 공연장에 주의사항을 써 놓았다 코로나 전파를 차단하기 위한 마스크 착용과 같이…그대로 표현한 것

유럽 여행기 1

3월 25일 오후 1시 런던행 대한항공 907편을 타기 위해 새벽부터 부산했다. 10시까지 인솔자 만나는 장소로 도착해야 한다니 시간을 따져보면 그럴 수밖에 없겠다.

전날 저녁부터 짐을 싸느라 분주했는데 거의 모든 것은 이웃에 사는 딸이 챙겨주었다. 몇 달 전 며느리를 맞았더니 아이들이 유럽 여행을 보내준다고 해 한편 설레기도 하고 한편 겁도 났다.

전에 중국이나 동남아 여행 때 꼭 배탈이 나서 고생한 경험이 있기에 더구나 12일 동안에 탈이 없을까… 탈이 나면 어떻게 하나 두려움은 감추고 아무렇지도 않게 공항으로 떠났다.

어느 곳이든지 공항버스가 연결되니 참 좋은 교통 여건에 버스는 최고급 리무진이니 출발부터 기분이 우아하다.

조금 일찍 도착한 것은 서둘러 나선 때문이기도 하지만 버스의 질주는 고속도로에서 인천대교로 이어지는 동안 정체되는 곳 없이 일사천리다 만나는 장소 앞에서 가방을 놓고 기다리자 그곳도 장사꾼이 설치는 줄 몰랐지. 여행객처럼 보이는 여인이 다가와 가방 벨트를 사야 된단다. 직접 매 놓기도 한다. 거절하고 다른 자리로 옮겼는데 또 와서 사란다 몇 차례를 그러는데 기억이 없는 건지 귀찮게 하면 사겠지 하는 건지….그러다가 갑자기 여행객처럼 가방을 챙기는데 한참 뒤 알고 보니 공항 직원이 와서 감시를 했단다. 직원에게 발각되면 물건을 빼앗긴다고 하며 얌전히 있다가 사라졌다.

시간이 되니 인솔자가 나타났다.

사람 멋지게 잘생겼다. 키가 훤칠하고 목소리가 낭랑하고 무스한 머리가 핸섬한데 나이가 들어 보인다.

나이야 무슨 상관있나. 우리 데리고 갔다가 제자리에 데려다 놓으면 되는 거지. 좌석표를 나누어 준 뒤 일차 안내는 비행기 탈 때까지의 할 일을 설명해 주고 기내에서 만나자고 약속하고 사라졌다.

짐을 부치고 검색을 받고 비행기에 올랐다. 몇 인승이기에 이렇게 큰가 혼자 속으로 놀라며 자리를 찾아 앉았다.

멀리 영국까지 가니까…. 열두 시간을 가야 하니까 이렇게 큰가 보다.

혼자 속으로 생각하며 동남아 갈 때를 생각해 보았다.

아유—우… 열두 시간을 가야 한다니 걱정이 앞선다.

대형기라 그런지 이륙할 때 나 고공에 떠서도 전혀 흔들림이 없다.

운항 정보를 보니 900km 속도라는데 가만히 서 있는 것 같고 창밖을 내다보니 꼭 구름 위에 얹혀 있는 듯 조용하다.

영국은 우리나라보다 아홉 시간이나 늦어 인천에서 오후 한 시에 출발하면 그곳에 다섯 시 정도에 도착한다니 밤을 피해 가는 것 같다. 가는 날은 식사를 다섯 번이나 했나 보다.

집에서 아침 먹고 나가 기내에서 세 번 먹고 도착해서 저녁을 또 먹었으니 먹는 즐거움도 여행의 한몫이다.

그러나 기내에서 간식으로 과자 음료수 주고 라면도 달라면 주고 맥주에 와인까지 주니 참 써비스 너무 지나친 듯하다.

다섯 시경(현지 시간)에 히드로 공항에 내렸다.

기온은 인솔자가 미리 말해주었듯이 우리나라 날씨와 비슷했다.

영국의 국제공항이라고 하니 대단할 줄 알았는데 모든 것이 상상 이

하였다. 공항시설도 그렇거니와 호텔로 가는 도로가 어둡고 협소한 듯 우리나라 도로처럼 시원스레 뚫린 도로가 아닌 자연 그대로 길이 만들어진 듯하다. 모든 시설이 과장되게 사치가 전혀 없는 아주 검소한 모습이 느껴지는 첫인상이다.

도로 폭도 좁아 보이고 경계석이나 차선표시도 우리나라보다 작은 것 같다.

인솔자가 설명을 해 준다. 영국은 밤 문화라는 것이 우리나라와 다르다고 한다. 저녁이 되면 모두 가정으로 돌아가 가족과 같이하는 생활 습관으로 거리의 휘황찬란한 불빛 같은 것이 필요 없을 것이라고 하는데 그래서인지 숙소로 가는 중 내내 밝은 모습은 보이지 않고 구불구불 자연스레 굽은 길을 따라 호텔에 도착했다.

이곳 히드로 공항이 변두리 지역이기 때문에 그런 점도 있을 거라는 말도 잊지 않았다.

가방을 모두 내려 로비에 기다리고 있었는데 다시 짐을 실으란다.

기사가 다른 호텔로 왔다며 회사에서 잘못 알려준 때문이라고 인솔자를 통해서 사과를 한다. 어휴 이런 일도…. 다시 한참을 간 것을 보면 반대 방향으로 와도 너무 많이 왔나보다. 드디어 첫날을 지낼 호텔에 도착해서 인솔자의 설명을 들었는데 내일부터는 정신 무장을 하고 강행군을 해야 할 모양이다.

생각해보니 이미 하루는 지난 것이고 자고 나면 영국을 관광 할 텐데 내가 영국을 오다니 꿈만 같다.

오래전 무슨 이야기 중에 한 이야기가 생각이 났다.

"내가 영국에 갈 일은 없고…" 내가 한 말인데… 우리나라에도 가고 싶은 곳이 많아도 가 보지 못했는데 엉뚱하게 웬 유럽이냐?

자식들 덕에 버킹엄 궁도 보게 되지 않았나…. 대영박물관도 보게 되고…. 내일부터 열심히 따라다녀 보자. 기대감에 설렌다.

시계를 영국시간으로 맞추어 놓고 내일 아침 콜을 받아야지…

처음 버스를 타고 느낀 것은 시내에는 대형버스가 또 3층 버스가 좁은 도로를 스치듯 지나면서도 경적 소리 한번 들리지 않으며 그렇게 차가 많은데 매연 냄새가 없는 것이 수상하다.

가스를 써서 그런가?

시내에 큰 공원이 많다. 몇 년이나 자란 나무인가 고목들이 우거져 역사를 느끼게 하며 도시건축물들은 그야말로 런던이라는 도시 전체가 세계자연유산으로 지정되어야 할 정도다. 어찌 그리 아름다운가? 몇 년이나 된 건물인가? 누가 설계했으며 누가 지었는가?

경탄하지 않을 수 없다.

시내에 운행하는 승용차는 거의 소형차들이다. 우리나라처럼 대형 세단형은 찾아보기 어렵고 택시도 그러하며 세계 각국의 차량들이 운행되는데 일본 차가 많이 보였다. 우리나라 차는 왜 안보이나?…….

유럽 여행기 2

시내로 나가면서 안내해 주는 하이드 파크는 런던 중심부에 있는 가장 큰 공원이며 서펜턴 호수를 중심으로 둘로 나뉘어 있는데 넓이가 140 헥타르 켄싱턴 가든은 110 헥타르라고 한다.

시내 중심에 이렇게 큰 공원이라니…. 버스 안에서 설명 들으며 지나치니 아쉽다.

공원에 들어가 고목에게 나이를 물어보고 역사 이야기를 눈으로 듣고 싶은데…. 차에서 내린 곳은 템즈 강변 타워브릿지가 아주 잘 보이는 관광의 요소로 수많은 관광객이 들끓는다,. 220년 전에 건설되었다는 양옆으로 솟은 고딕양식이 정말 멋지다. 대형선박이 지날 때마다 다리 가운데가 들리는 개폐형으로 만들어진 이 다리는 다리 열리는 모습이 장관이라는데 우리는 보지는 못했고 다리가 열려 있는 동안 통행인들은 양쪽 탑에 설치된 엘리베이터를 이용해서 위로 연결된 다리로 통행했다고 한다.

강 건너 보이는 국회의사당 끝에 있는 높이 106m 의 탑에 시침 길이가 2.7m 분침 길이 4.3m나 되는 대형시계가 있다. 당시 공사를 맡았던 벤저민홀 경의 공적을 기리기 위해 종의 이름을 빅 벤이라 했는데 지금은 이 시계를 빅 벤이라고 한다.

1869년에 설치되었다는 빅 벤이 지금도 가동이 되며 15분마다 종을 울린다. 새해를 알리는 1월 1일에 울리며 2012년 엘리자베스 여왕즉위 60주년을 기념하여 엘리자베스 타워라고 개명하였다.

의사당 꼭대기 높이 깃발이 펄럭이고 있다. 국회가 회기 중에만 게양을 한다니 지금 의원님들이 어떤 일을 의논 중일까. 좌파 의원이 있을까? 이권을 다투는 욕설 싸움하는 상식 없는 의원은 없겠지.

펄럭이는 깃발에서 평화로움이 느껴진다.

강에는 엄청 큰 군함이 떠 있는데 현역에서 은퇴하여 관광용으로 개방하고 있다. 이 군함이 한국전쟁 때 영국군과 함께 한국을 위해 참전했던 군함이라고 한다. 한국전쟁을 아는 대한민국 국민이라면 무심히 지나쳐 버리지 않았을 것이다. 전쟁으로 피난의 모진 고생과 그 전쟁으로 아버지와 형을 영원히 이별한 나로서는 숙연한 감회를 느꼈다.

이렇게 먼 지구의 반대편에서 조그만 나라 대한민국을 위해서 민주주의를 위해서 위대한 영국의 깃발을 날리며 항해했을 위용… 은퇴했어도 변함없이 당당히 보여주는 웅장함은 가히 대영제국의 모습이다.

시간상 겉모습만 보고 지나친 것이 아쉽다.

템즈 강변에 런던 시청이 있다.

시청 건물은 새로운 분위기로 고딕과는 전혀 다른 외벽이 유리로 되어 있고 모양은 계란을 세워 놓은 듯 타원형으로 둥글게 돌아 올라간 모습이다.

화장실을 이용하려고 들어가려니 검색을 한다. 생각해 보니 그럴 수밖에 없겠다. 세계에서 몰리는 관광객들이 국회의사당 빅 벤을 보고 타워브릿지를 보다가 이용할 수 있는 화장실이 시청에 있으니 그 수많은 사람들을 드나들도록 내버려 두기도 불안할 것이다.

더군다나 테러의 표적 자유민주주의 국가이니 말이다.

이곳은 강변이라 조용하고 한적한 편이나 강물은 왜 저리 흐릴까.

우리 한강 물처럼 맑고 푸른색이 아닌 비 많이 내린 뒤의 물색인데 어떤 이유가 있을 것이라고 생각했다.

강 건너 현대식 고층 건물이 숲을 이룬 지역이 있다 이곳이 세계 보험의 중심지 시티 시이다. 런던 시 중의 시 자치 시 세계에 영향력 있는 보험회사의 본사가 이곳에 몰려 있다고 한다.

버킹엄 궁전은 엘리자베스 여왕의 집무실과 숙소가 함께 있다고 하며 매일 전통 복장의 근위병의 교대가 궁전의 명물이다.

금색으로 칠한 건물의 장식품 담장의 장식품에서 고귀의 품격이 보이고 궁전밖에 보이는 말이 끌고 지나가는 수레는 관상용인지 순찰하는 건지. 마네킹처럼 서 있는 근위병들은 5분마다 절도 있는 걸음으로 몸을 풀기 위해 일정 거리를 움직인다. 복장은 사철 같다니 여름에는 많이 덥겠다. 궁전에 영국 국기가 게양되어 있으면 왕이 궁전에서 근무중이라는데 마침 바람에 펄럭이고 있어 "폐하 대한민국에서 조병각이 왔습니다."하고 기를 보고 인사했다. 도시 번화가에 누구나 접근할 수 있고 세계의 관광객 누구나 자유롭게 사진을 찍을 수 있는 버킹엄 궁전은 과연 영국의 모습이다.

1837년 빅토리아 여왕 즉위 후 국왕의 상주 궁전이 되었으며 증·개축을 거쳐 2만 제곱미터의 호수와 15만 4천 제곱미터의 정원 미술관 도서관 등이 갖추어져 있다 이런 것을 모두 설명해주는 현지 안내원은 한국인인데 대단하다. 아침에 멋지게 생긴 신사를 만나 버스를 같이 타고 인솔자의 소개를 받아 인사를 한 안내원. 당당한 체구에 연갈색 선글라스를 낀 풍모는 부하 수십 명 거느리고 있음 직한 인상 좋은 큰 형님 모습이다.

대부분 공부하러 갔다가 돌아오지 않고 결혼해서 살고 있는 것 같았다.

전용 버스를 이용했기 때문에 이동하면서 차에서 설명해 주는 내용이 다양했지만 모두 받아들이기에는 내 머리에 한계가 있다.

거리는 소탈하고 청결하며 고풍스러운 건물은 어느 골목이나 우아하고 외관상 우리의 주상복합인데 모든 건물 자체는 수백 년 된 역사 유물 같다 일 층은 상가이나 간판이 보이지 않을 정도로 작고 층고가 사층 정도로 고층이 없다. 도시 골목에 마주보고 서 있는 건물의 멋이야 말로 무게 있고 값이 있어 보인다. 언제 형성된 거리인지 정말 멋지다.

인솔자에 의하면 건축허가 전 심의를 거치는데 주위 분위기와 어울려야 허가를 내준다고 한다. 벽돌 건물 옆에 유리 건물이 어울리겠나 조용히 우리의 거리 모습을 떠올려 보았다.

대영 박물관은 세계에서 규모가 가장 크다는데 미술사적 인간의 역사와 문화에 관련한 유물이 7백만 점이나 된다고 한다. 19세기에 그리스 로마 이집트 유물들을 대거 보유하게 되었으며 나일강 전투에서 프랑스군을 대파하고 이집트 조각품을 많이 확보했다고 하니 좀 이상하다.

특이하다고 느낀 것은 깨진 대리석 조각품을 대량 전시한 것이다. 벽으로 장식되었던 대리석 조각들은 아테네 파르테논 신전에서 떼어낸 것이라 하고 머리 없는 대형 조각상도 파르테논 신전에서 가져온 것이라 하며 람세스 2세의 흉상 로제타스톤 등도 이집트 유물이며 무덤에서 발굴된 유물과 미라도 전시되어 있다.

생각해 보면 어찌 영국에서 이집트 로마 유물을 그렇게 많이 소장하고 있을까. 엄청난 남의 나라 유물을 소장하고 있다는 것에 놀라웠다.

우리나라 유물이 일본이나 프랑스에서 돌아오지 못하고 그곳에서 전시되는 경우를 생각하게 된다. 그런데 남의 나라 유물이지만 박물관에 전시된 모든 미술품들은 반입할 때 대가를 지불하고 소유권을 확실히 한 것이라고 한다. 대단한 사업이 아닌가. 과연 영국다운 발상이고 행위이며 탄복할 일이다.

우리 문화재 약탈해 간 나라는 영수증 없으니 반환해야 할 것이다.

소규모이지만 한국관도 있다. 고려청자매병 신라금귀고리 조선지국천왕 등 한국유물도 전시되어 있는데 수박 겉핥기 식으로 바삐 스쳐 지나간 일정이 너무 아쉽다. 박물관을 관람하기로는 배낭여행으로 느긋하게 며칠을 잡아도 제대로 할 수 없을 것을 단시간 내에 무엇을 보고 머리에 담겠나.

웨스터민스터 사원은 첫눈에 건축미에 감탄했다.

어찌 저렇게 멋지게 지었을까 영국 왕가의 대관식을 하는 곳이라는데 현재 엘리자베스 여왕도 60년 전에 이곳에서 대관식을 치렀다고 한다.

명칭은 사원이나 성당이다. 당내에는 역대 국왕과 왕비 유명인의 묘비가 있다고 하는데 나는 입장객의 줄이 너무 길어 들어가지 않았더니 조금 후회가 된다. 800년이나 되었다는 건물이 이렇게 멋지게 서 있을까.

건물 외벽에 수많은 마리아상이 조각되어 있는데 정교한 조각과 조화의 아름다움에 감탄이 절로 나온다.

성당 앞 넓은 광장은 관광객들로 만원이다. 어느 나라에서 온 사람들인지 그중에는 한국인 팀이 제일 많은 것 같다. 안내원의 설명을 들으려고 몰려있는 모습이 저 사람들 모두 나처럼 두 번 다시 올 수 없는 이 기회에 하나라도 더 담아가려고 분주하구나 생각하니 사는 게 다 똑같다는 생각에 웃음이 나온다.

일찍 기상하여 호텔에서 아침으로 커피와 빵을 먹고 저녁에 파리로 간다고 하여 짐도 챙겨 나와 종일 바쁘게 달음질친 것이 영국 런던의 하루가 훌쩍 지났다. 프랑스로 가기 위해 유로스타를 탄다. 열차가 해저 터널로 세 시간을 간다고 한다. 버스로 도착한 곳, 출발지 세인트 판크라스 역. 친절하게 영국을 안내해준 잘생긴 아저씨는 역까지 와서 작별 인사를 했다.

인솔자의 재치도 재미있다. 해저 열차라고 바닷속을 구경 할 것이라고 흥분하지 말란다. 깜깜한 해저 터널일 뿐 할 수 있는 것은 잠자는 것 뿐이라고 눈 감고 쉬라고 해서 모두 웃었다.

역은 공항만큼이나 복잡하고 웅장하다.

출국 수속 절차도 비행기 타듯 그러나 열차의 기대는 우리의 새마을이 더 좋은 것 같다. 캐리어 때문에 조금 힘들었지만 객차 내에 보관 장소가 별도 마련되어 있는 것이 해외 여행객들에게 배려인 듯하다. 졸다 보니 프랑스에 도착했는데 이곳은 북역이라고 한다. 프랑스 북쪽에 있어서 북역인가 싶다.

숙소는 바로 역 앞이었다. 멀리 이동하지 않고 길 건너서 호텔에 투숙하니 여기가 파리구나, 이미 정해진 숙소에 저녁까지 준비가 되어 있었다.

유럽 여행기 3

아침은 호텔에서 빵과 커피 우유다.

다른 지역으로 이동한다고 가방을 갖고 나와야 한다는데 오래 묵을 짐들이라 너나 할 것 없이 가방이 모두 크고 짐이 많다. 먼저 개선문으로 간다고 하는데. 그곳에서 현지 안내원을 만나서 그분이 파리를 떠날 때까지 우리를 안내해 준다고 한다.

버스를 타고 창밖의 시내를 보니 그 고풍스러움에 감탄하지 않을 수 없다.

건물 외벽에 군더더기 하나 없이 깨끗한 거리 언제 지은 건물들이 이렇게 고색창연한가.

낮 시간인데 청소차가 길을 막고 작업을 한다.

그래도 모든 차들이 작업차가 움직일 때까지 기다리고 있다.

경적 소리 하나 울리지 않고 반대 차선을 넘지도 않는다. 인솔자의 말에 의하면 거리를 청소하는 것은 공무이고 공무는 시민을 위해서 하는 것이기 때문에 하는 사람은 자긍심이 대단하고 시민은 이를 당연한 것으로 받아들인다고 한다. 참 우리나라에서 그러면 어떤 일이 일어날까 혼자 생각해 본다.

개선문 앞에서 현지 안내자가 우리를 기다리고 있었다.

개선문은 나폴레옹이 전쟁에서 승리한 기념으로 세웠는데 높이 약 50m, 너비가 약 45m로 나폴레옹의 기마상이 조각되어있고 많은 장군들의 이름이 조각되어 있었다.

모양은 우리의 독립문과 비슷하다고 느꼈으나 그 크기와 건립목적을 생각하니 독립문과는 건립 의미가 전혀 다르다. 먼 나라 프랑스에서 그 유명한 개선문을 보고 관광객 하나 없이 외로운 영은문을 떠올리다니 조선시대에 명나라 사신을 맞이하던 때에는 문으로의 역할은 했을 것인데…. 이런 생각을 하는 나는 대한민국 국민이 틀림없구나.

개선문을 중심으로 도로가 방사형으로 나 있어 어느 곳으로 머리를 돌려도 같은 모양의 길이 보인다.

유명한 샹젤리제 거리…. 라데빵스 개선문 앞에 꺼지지 않는 불꽃이 있는데 외국의 국빈이 헌화도 하고 올림픽 채화도 했다고 한다.

개선문의 자리는 약간의 언덕으로 사방 어느 곳이든 살짝 경사가 져 있어 문의 위엄을 보여 주는 듯하다.

콩코드 광장은 슬픈 역사의 광장이라고 한다. 프랑스 역사에 기릴 많은 사람들의 영욕이 서린 곳이기 때문일 것이다. 혁명군 1300여 명이 이곳에서 처형당했다니 그리 불릴 만도 하다.

가는 곳마다 자유 시간을 10분이나 20분 주며 사진을 찍으라고 하는데 처음 온 사람들이 한 컷이라도 더 찍으려고 시간은 항상 촉박한 것 그래서 계획된 시간대로 움직여지지 않는 것이 단체 행동이다.

그러하니 안내원은 항상 마음이 바쁘고 관광객은 달음질치기 바쁘다.

정한 시간 내에 모두 모였는지 인솔자는 인원 점검에 신경이 날카롭다. 인솔자의 편한 방법을 택한 것이 너덧 명씩 조 나누기이다.

1조 2조 하고 점검하면 조원들은 자기 조가 다 있는지 관심도 없이 큰소리로 대답한다. 초등학교 원정 소풍 온 듯 재미있다.

루브르 박물관에 도착해서 안내자에게 특별교육을 받았다.

세계에서 관광객이 제일 많은 곳 복잡하기 비할 데 없으며 소매치기도 제일 많다고 첫 번째 교육이다. 박물관 안에서 일행과 떨어지면 찾아 나오지 못한다고 절대 떨어지지 말 것과 관람도 어려우므로 유명 미술품만 보고 나온다고 한다.

많은 사람들이 같이 행동하기가 어렵다고 다른 안내자가 와서 인원을 반으로 나누어 두 팀으로 입장했다.

붐비는 인파에 앞사람 쫓아가기도 어려운데 안내원 걸음은 왜 그리 빠른가?

북적이는 사람들 틈을 빠져나와 미로 같은 길을 한참 지나 멈춘 곳은 비너스상 앞이다. 하얀 석고상인 듯한데 아니지 그 자태가 과연 예쁘다는 말밖에…….

간단히 설명을 들었지만 귀에 들어온 것은 하나도 없다.

세계에서 모인 관광객들의 말소리가 뒤섞여 한마디도 알아들을 수 없으니 그야말로 잡음이다.

사진 한 장 찍었으나 한눈팔다가는 미아 될까 봐? 정신을 놓을 수도 없다.

그 많은 사람들 모두 사진 찍기에 바쁘다.

모든 것 제쳐놓고 꼬불꼬불 올라갔다 내려갔다 한참 부비며 따라간 곳은 모나리자 상.

아!! 그 유명한 모나리자… 하지만 자그마한 그림이 벽에 걸려있는데 그 앞에 사람이 제일 많다. 서양인들이 몰려있어 나처럼 작은 사람은 그림조차 볼 수가 없다. 온전히 보이지도 않고 사진은 엄두도 없다. 꽉 차 있는 인파에 밀려 가까이 보지도 못했지만 유리벽 안에 보호되어 있는 것으로 그 귀중함을 실감할 수 있었다.

아…. 이게 바로 루브르 박물관이로구나. 관광객이 제일 붐비는 곳. 그 많은 그림이며 조각품이 세계 유명작품이라는데 관람은 세 가지만 안내받고 후닥닥 나온 셈이다. 밖으로 나와 인솔자 앞에 모이니 모두 휴우…. 일행들의 마음은 어떤지 궁금하다. 나하고 꼭 같겠지 뭐.

박물관 앞 광장에 유리로 된 큰 피라미드가 있는데 빛의 반사가 박물관을 돌아가며 비추게 되어있다고 하며 박물관 출입구로 이용한다. 1989년에 미국인 건축가 에이오 밍 페이라는 사람이 설계했는데 지금은 루브르의 상징이 되었다고 한다.

먼 나라 프랑스 그 유명한 박물관에 가서 제대로 구경도 못 하고 오다니….

여유로운 여행으로 며칠을 두고 관람해야 제대로 볼 수 있는 곳이다.

800년이 넘었다니 그 역사가 대단하다.

낭만의 도시 파리 그 한가운데를 흐르는 센강…. 강변은 모든 것이 작품이고 아름답지 않은 것이 없다. 안내원의 설명을 수신기를 통해 듣지만 귀보다는 눈이 바빠 수신기에는 관심이 없다.

센강에는 30여 개의 다리가 있는데 다리마다 역사가 있고 의미가 있으나 설명을 받아들이기에는 내가 너무 들떠 있었나 보다. 유람선이 다리 밑을 지날 때마다 각기 다른 아름다운 모습에 센강의 명성을 실감하게 된다. "강을 건너기 위해 설치한 구조물"이 아닌 다리 하나하나가 예술을 살린 작품이다. 프랑스 역사 인물의 상 기마상 조각상과 동물을 조각한 다리마다의 작품성은 생활편의 시설이 아닌 도시를 아름답게 장식한 공예품이다.

콩시에제리 감옥 노틀담 성당 등 강변의 건물에서는 역사를 느끼게 하고 바라보이는 에펠탑은 과연 프랑스의 상징이다. 이 많은 다리 중 퐁네프 다리가 가장 오래된 다리로 400년이 넘었다고 하며 다리 중앙에 헨리 5세의 기마상이 서 있다.

아름다운 이야기를 간직하고 있는 다리들 그 이름을 모두 알 수가 없지….

두 시간 가까이 배가 왕복하는 동안 열심히 동영상을 촬영했는데 잘 나올는지 모르겠다. 남는 건 사진뿐이라니…….또 이 먼 곳까지 여행 보내준 딸과 며느리에게 한 컷이라도 더 보여 주려면 열심히 찍어야지.

에펠탑 앞은 저녁 시간인데도 관광객이 붐벼 아수라장이다. 입장하는데 검색도 심하다. 검색대를 통과하는데 줄이 길어 시간이 많이 소비되었다.

사선 엘리베이터를 타고 2층으로 올라가 다시 바꿔 타고 4층에 간 것 같은데 얼마나 넓고 사람이 많은지 그곳도 별천지다.

철 구조물로 되어있어 미적 감각은 없으나 그 완벽함은 백수십 년 동안 당당하게 위용을 자랑할 만하다.

이 탑을 세운 기술자 구스타브 에펠의 이름을 따서 지어진 이름이라고 한다. 철이 7,300톤이 들었다는데 어떻게 계산되었는지 위용을 봐서는 더 들었을 것 같이 어마어마하게 크다. 맨 위에는 TV 송신탑이 있다고 한다. 탑에서 내려다보는 야경도 아름답고 탑 전체에 점등되어 반짝이는 시간이야말로 전기가 만들어내는 아름다움의 극치라 할 만하다.

나가는 길을 찾지 못하면 미아가 되기 십상이다. 인솔자의 머릿수 세기는 도가 튼 듯 번호 하기 전에 파악이 되나 보다. 자기의 제일 큰 임무는 아무 탈 없이 한국으로 돌아가는 것이라고 여러 차례 말했듯이 안전에 최선을 다하는 그분의 모습에 고마운 마음 믿고 의지하는 마음이 우러나온다.

프랑스 안내원은 패션의 도시 파리에 어울리는 미적 감각이 풍기는 멋쟁이이다.

검은색 롱코트에 길게 늘어뜨린 레드 컬러 머플러가 잘생긴 얼굴에 윤기 나는 자연스러운 머리 모습과 어울려 이 사람이 파리에서 한국인의 모델이다 한국 관광계의 특사다 열심히 대한민국을 대변하고 있다 생각하니 대견스럽게 느껴진다.

어떻게 이역에서 이런 일을 하게 되었는지 간단히 소개는 받았지만 그 노력은 남보다 더 했을 것이며 먼 나라의 역사와 문화를 그 나라 국민보다 더 많이 익히고 알아야 방문하는 관광객에게 막힘없이 안내할 수 있을 테니 말이다.

몽마르트르 언덕. 오래 전부터 상상의 대상이었던 몽마르트르 언덕을 가게 되니 기분이 들뜬다. 도심에서 조금 벗어난 중심지처럼 분위기가 무겁지 않고 주위도 관광지답게 잘 꾸며져 있다. 버스가 내려준 곳에서 언덕을 오르는 길은 좁은 골목길에 인파로 북적거리고 세계 각국에서 모인 관광객들의 모습은 너나 나나 다 같은 기분일 게다.

유흥가처럼 간판이 다닥다닥하고 행상들의 외치는 소리 기념품 가게의 진열품이 혼란스럽다. 사람이 많이 모이는 곳은 동양이나 서양이나 똑같구나. 한국인들에게 물건을 사라고 "빨리빨리"를 외치니 얼마나 많이 들었으면 무슨 말인지도 모르고 외쳐댈까…. 상상이 된다.

그야말로 200m도 안 되는 언덕인데 프랑스 시내가 다 내려다보이니 시내가 거의 평지로 그래서 이곳 몽마르트르가 더욱 유명한가 보다.

언덕은 계단이 꽤 많고 올려다보니 휘둥그레 눈이 부시다. 하얀 색깔의 엄청 큰 성당. 파리 시내를 내려다보고 서 있는 성당. 안내자의 말로는 사크레쾨르 성당 그냥 쉽게 성신 성당으로 들으란다. 역사는 복잡한 사연으로 치고 닫지만 간단히 정리하면 이웃나라들과 오랜 전쟁이 있었다는 것. 전쟁 기념으로 이 성당을 지었다고 한다.

독일 오스트리아 이탈리아 영국 등 모든 이웃들이 적이 되었다가 동맹국이 되었다가 하는 수천 수백 년의 역사 속에 지금의 통일유럽 공동화폐를 사용하는 동맹의 나라, 관광버스를 타고 다니는 대한민국의 손님들이 아무 조치도 없이 통과하는 국경, 사실 우리는 영국에서 프랑스로 건너올 때 유로스타를 타기 위해 세인트 판크라스 역에서 여권검사를 했을 뿐 유럽대륙으로 와서는 여러 국경을 넘을 때도 아무 조치 없이 통과했다. 이렇게 편리하고 자유스러워진 관광. 그래서 이곳 몽마르트르에 세계인이 축제를 벌이는 듯하다.

성당 옆 골목으로 나가면 집시들의 명소 무명 화가들이 펼쳐 놓은 캔버스들 화가들답게 모습도 어울린다. 그들의 스타일 자체가 미술이다.

주위에는 카페가 즐비하고 소 미술관도 있다.

펼쳐놓은 테이블 작고 앙증맞은 의자에 앉아 커피라도 한잔 하면 몽마르트르 언덕 집시의 환상에 빠질 것 같은데 그러나 안타깝게도 커피 마실 시간이 아깝다 한곳이라도 더 보고 화가들의 그리는 모습을 하나라도 더 보기 위해 부지런히 발을 옮겼다.

이곳 역시 날치기가 들끓는다고 조심하라고 신신당부다.

어깨에 멘 가방은 앞쪽으로 하되 X로 뒤로 메면 남의 것이다.

카메라는 사진 찍어달라고 주면 가지고 달아난다.

지갑을 절대로 꺼내지 말 것. 넣는 것을 보면 끝까지 따라붙어 빼간다.

여권 잃어버리지 않게 조심조심 또 조심…. 어휴

우리나라에 온 외국인 관광객에게도 이런 교육을 시키나? 그것이 갑자기 궁금해졌다.

그러고 보니 우리나라에도 각국의 현지 안내원이 있겠구나, 이제야 느꼈네.

베르사이유 궁전은 1660년경의 루이 14세가 주인공이다.

루이 13세가 사냥용 별장으로 지었는데 루이 14세가 크게 증축했다고 한다.

정원도 어마어마하게 넓고 길이가 680m나 된다고…

내부에는 거울로 장식된 "거울의 방", "루이14세의 방"도 있고 "전쟁의 방", "평화의 방"도 있고 건물은 화려하고 시설이나 장식품은 호화스러우나 특이하게도 벽과 천정에 그려진 그림이 대부분 전시품이 없다.

노동자 평민들의 혁명 때 궁을 침범해서 약탈해 갔기 때문이라니 그런 역사를 지닌 비운의 궁이구나 가져갈 수 있는 것은 모두 가져갔구나. 화려했을 궁안이 이렇게 쓸쓸하다니…. 다행히 약탈되었던 유물이 하나씩 돌아오고 있다고 한다.

파리 시내에서 멀리 떨어진 시골 벌판 언덕에 자리하고 있는 것도 사냥용 별장으로 지었다는 설명에 이해가 간다.

궁을 나와 모이는 장소에서 안내원이 인사를 했다. 두 번 볼 수 없는 사람이지만 왠지 정이 끌렸다. 최선을 다해 고국의 손님들에게 도리를 다 하는 모습 에서도 동족애를 느꼈다. 세계적으로 유명한 쁘렝땅백화점에 잠시 구경했는데 고객도 별로 없고 손님이 오건 가건 관심도 갖지 않는다.

물건에는 유로로 가격표가 붙어 있는데 구입하는 물건을 계산대로 가지고 가면 계산해 준다. 우리나라 백화점과는 좀 다르다.

사려는 물건을 안내원에게 물어보았더니 백화점엔 없다고 밖으로 한참 걸어 나가 조그만 약국에서 구입해 준 사적인 인연도 있다. 고마운 사람… 멋쟁이 아저씨…. 이틀간 수고 많이 하셨네. 먼 타국에서 건강하게 행복하게 잘 사시게.

몰운대, 45*30

몰운대

정선 화암 8경 중 7경으로

1. 화암약수
2. 거북바위
3. 용마소
4. 화암동굴
5. 화표주
6. 설암(소금강)
7. 몰운대
8. 광대곡

구름도 쉬어간다는 정선소금강 최고의 절경 몰운대. 하늘나라 선인들이 학을 타고 내려와 시흥을 즐겼다는 전설과 정선을 들렀던 수많은 시인묵객들의 체취가 남아 있는 곳이다.

유럽 여행기 4

스위스로 가기 위해 벨포트로 다시 스위스의 인터라켄 지역으로 가서 저녁을 먹고 그곳 호텔에 여장을 풀었다.

프랑스에서 점심을 먹고 떠났는데 일곱 시간도 더 탔나보다. 스위스에 도착하니 저녁이었다.

만년설이 뒤덮은 산 출국하기 전부터 제일 기대되던 알프스의 버스가 내려준 역에는 쇼핑을 할 수 있는 샵도 마련되어 있는데 Top of europe라는 브랜드로 티셔츠 모자 룩색 헤드밴드 등 시계도 있고 초콜릿도 있다.

룩색을 하나 샀는데 20유로.

열차는 협궤로 레일이 톱니로 되어 있다. 경사가 급한데 미끄러지지 않기 위해서일 것이다.

알프스의 영봉 해발 3,454m 융프라우

정상을 오르기 전 몇 번 정차했는데 두 번째에서는 열차를 바꿔 탔다. 설원에 스키 타는 모습이며 열차에서 내려 스키 장비 갖추는 사람들 참 멋있다. 인형 같은 어린아이에게도 완벽한 장비를 갖추고 등에 지고 가는 모습이 그 사람들의 생활 여유를 읽을 수 있었다.

정상에 도착하기 전에도 열차가 쉬는 동안 화장실 이용도하고 전망도 할 수 있었는데 굴속에서 전망대는 터널 공사 중에 나오는 돌을 버리는 곳이었다고 한다.

길고 경사진 터널을 한참 오른 후 종착이라는데 역시 굴속이다.

초고속 엘리베이터를 타고 전망대로 올라가게 되어 있다.

그곳이 바로 "융프라우요흐"이다 만년 얼음을 뚫어 동굴을 만들고 그곳으로 통행하는데 얼음이 아닌 바위를 뚫어 놓은 듯 최정상의 전망대에는 레스토랑이 있는데 반가운 것은 우리의 유명한 라면이 있다는 것. 5유로 하는데 우리 국민이야 사 먹겠나, 거의 몇 개씩은 가져갔을 텐데…….

창밖으로 보이는 백년설 풍경은 가히 장관이다.

산소가 부족하여 어지러움을 느끼는 사람도 있고 인솔자는 절대로 뛰지 말라고 당부한다. 호흡이 가빠지면 위험하다고 쓰러질 수 있다고 주의를 주었다

착공 16년 만에 1912년 최고 고도의 철도역이 3,454m에 개통되었는데 이 공사를 기획한 사람은 국가가 아닌 개인으로 의회의 승인을 얻어 착공했다고 하니 참으로 기막힌 구상이 아닌가.

그 이름은 아돌프 구에르 첼러. 스위스 산업계의 거물이다.

본인은 공사 중 사망하고 후손이 이어서 진행해 완공하였다.

정상에서는 4분간 융프라우 전경을 파노라마 영상으로 감상하고 전망대에서 바라보는 눈 덮인 알프스는 형용할 수 없는 대자연의 드라마다.

하산하는 길은 코스가 다르다. 대망의 스위스 알프스를 올라보고 크게 심호흡도 하고 내려오지만 눈이 너무 바쁘다.

산을 내려와 스위스에서 점심을 먹고 유명한 시계점에 들렀는데 그 명성답게 고급 시계들이 번쩍거리고 값이 참 고가였다.

저런 시계는 어떤 사람이 차는 걸까, 자기가 차려고 사는 사람은 없을 것 같고 출세에 영향을 미치는 선물 아니면 몇십 몇백 배의 이득을 얻을 수 있는 로비용으로나 살까…… 최근 신문 방송에서 누가 누구에게 주었다는 고가의 시계는 고향이 여기일 것이라는 생각이 갑자기 들었다.

혹시 사랑에 눈이 먼 사람이 사랑을 쟁취하기 위해 보석이 번쩍거리는 시계로 현혹시킬지도 모르지. 현대판 김중배?

나는 아무것도 관련이 없네… 아…. 한숨~~

스위스에서 버스를 타고 곧장 이탈리아로 향했다.

밖으로 열심히 눈을 돌려 아름다운 경치를 하나라도 더 보려고 눈은 쉴 새가 없다. 경치 좋은 달력에서나 본 그 그림이 바로 이것 아닌가?

푸른 초원에 그림 같은 집들이…. 저 집에 사는 사람들은 어떻게 사는지…. 저 초원은 누가 가꾸는지…. 알프스 눈 속에 눈을 잔뜩 이고 있는 아름다운 나무집들은 세계의 여유롭게 관광을 즐기는 사람들이 몇 개월씩 빌려서 살다가는 rent house 라고 한다.

아름다운 스위스, 영원히 머리에서 사라지지 않을 것이다.

인터라켄에서 이탈리아 밀라노까지 세 시간 삼십 분 정도… 도중 휴게소도 잠시 들렸는데 규모나 시설이 아주 간소하고 주차 차량도 적다. 우리나라 고속도로 휴게소와 비교가 되는데 근검절약이 눈에 보인다.

밀라노는 이탈리아 북쪽 공업지대의 중심지이다.

역사가 깊은 도시로 2차 세계대전 중에는 피해도 많았지만 도시도 정비되고 대형건물이 줄을 이어 상공업도시로 변모하고 있으며 역사가 깊은 만큼 성당이 유명하다.

백 대리석으로 지은 밀라노 대성당 성 마리아 성당과 레오나르도 다 빈치의 벽화 "최후의 만찬"을 관람하고 "라스칼라 극장"도 전망하였다. 밀라노 대성당 앞 광장에 비토리오 엠마뉴엘레 2세 기마상은 가히 작품이다.

살아 움직이는 듯한 동상이며 호위한 사자 조각상은 살아 튀어나올 듯 정교하다. 광장은 밀라노 시민의 휴식 공간이며 주위는 아케이드가 늘어서 있다.

최고의 고딕 대성당 밀라노 두오모 성당은 세계에서 세 번째로 큰 성당이라는데 첫 번째는 바티칸의 성 베드로 대성당 두 번째는 스페인의 세비야 대성당 그러나 그 석조기둥과 장식물은 세계 제일이라고 한다.

건물 외부에 장식된 조각물이 수천 개가 넘는다 하고 그중 맨 위에 "작은성모"가 서 있고 3,900장의 금박으로 덮여 있다고 한다.

800년 전 대주교 안토니오가 착공했다고 한다.

이탈리아에 들어와 다시 현지 안내원을 만났는데 이탈리아 로마를 떠날 때까지 계속 같이 지낼 사람이다. 인상도 좋고 편안해 보이는 것이 오래전부터 알고 지내던 이웃 사람 같은 느낌이다. 이 사람은 또 이탈리아 로마의 전문가이니 어떻게 여기서 살게 되었을까 궁금해진다.

다음날 피사.

피사는 대성당과 사탑이 유명해서 두오모 광장은 기적의 광장이라고 한다.

성당을 지을 때는 대도시 해운 도시였다니 역사만이 알 일이다.

피사의 두오모 성당은 10세기부터 성당 세례당 종탑 묘지 등이 완공되었다고 한다. 종탑이 기울어 사탑(斜塔)이라고 하고 1173년에 착공해서 1350년에 완공되었다는데 800여 년 전에는 어떠했기에 해운 도시라 했는지…….

공사 중에 기울어진 탑을 지금도 그대로 보존하고 성당 본 건물보다 기울어진 종탑이 더 유명해져 피사의 사탑이 되었다. 1987년에 세계 문화유산으로 지정되었다.

딸의 미션이 "피사의 사탑 손으로 잡고 있는 사진 찍어 오세요."

피사 주위에는 주민들이 야트막한 주택에 한가로이 살고 있는데 마을길 가운데로 통하는 피사의 웅장한 돌담과 건물…. 참 기이하다. 천 년 전에는 어떠했기에? 그때가 궁금하다. 비가 내려 우산을 쓰고 다니느라 조금 불편했다.

르네상스의 발상지 꽃의 도시 피렌체

안내원들은 아는 것도 많고 유머도 수준급이니 우리 여행객들에게는 즐거움이 배가 된다.

로마에서 20년을 살았다고 하니 어감도 변했으련만 우리 여행객보다 대한민국 사정을 더 잘 알고 발음은 더 똑똑하다.

처음 내린 시뇨리아 광장은 13세기에 만들어진 광장으로 피렌체의 정치적 중심지였으며 광장 부근에 베키오 궁전이 있다

피렌체의 역사의 인물 코지모 데 메디치의 동상 미켈란젤로의 동상 다비드 페르세우스 청동상 등 르네상스의 걸작품 들이 있는데 모조품이란다.

아르노강의 다리 중 가장 오래된 베키오 다리는 14세기에 건설되었

는데 현재 다리 위에는 금세공 상점들이 들어서 외부에서 보기에는 다리 같지 않고 수상 건물처럼 보인다. 700년 된 다리라니 놀랍다.

조선 시대에 놓였던 청계천의 많은 다리는 우리 인간들이 모두 없애지 않았나? 아까워라….

두오모 성당의 두오모는 영어로 돔이다. 우리나라 국회의사당처럼 돔이 만들어져 있는 성당을 두오모 성당이라고 한다.

피렌체는 14~15세기경 이탈리아 르네상스의 중심지로 레오나르도 다빈치 미켈란젤로 보티첼리 등 르네상스 예술가들의 작품이 많이 남아 있으며 산타마리아 델 피오레 성당 단테의 생가 시뇨리아 광장 베키오 궁 미켈란젤로 광장 등 역사 유적이 많은 도시이다.

또 산타크로체 대 성당에는 지하에 미켈란젤로, 갈릴레오 갈릴레이, 마키오벨리 등 피렌체 출신 유명 인사의 무덤이 있다고 한다.

피렌체는 13세기경부터 시작되었나 보다. 하루 일정을 마치고 단순히 생각해 보았다.

프랑스로 오면서 타기 시작한 버스는 우리가 귀국하는 날까지 함께 한단다.

운전기사가 둘이서 같이 타고 운전했는데 인솔자의 말에 의하면 노동법이 엄중해서 두 시간 운전하면 의무적으로 15분을 쉬어야 하며 하루 운전 시간을 초과하면 안 되기 때문에 같이 다니며 한다고 한다.

이동을 많이 하는 관광이고 보니 하루 운행 시간이 당연히 초과 되는 것.

그러나 버스가 좋아서 운행을 많이 하고 산악지대를 달려도 버스는 힘이 안 드나 보다. 운전기사의 실력도 최고다. 고속도로이든 산악지대이든 흔들림이 없고 편안하니 우리에게는 그것도 행운이다.

로마의 상징 콜로세움

원형경기장인데 베스파시아누스 황제가 착공하여 80년 걸려 아들 티투스 황제가 완성하였다고 한다. 검투사의 시합 맹수 연기, 그리스도 박해 때는 신도들을 학살하는 장소로 이용되었다.

정치가들이나 귀족들에게는 권위를 암시하는 공간이었다니 로마의 역사가 보이는 듯하다. 안으로 들어가 보지는 못했지만 로마의 상징을 본 것에 흐뭇하다. 5만 명을 수용할 수 있는 계단식 관람석이 설치되어 있다고 한다.

트레비 분수는 로마의 분수 중 가장 유명하다. 흰 대리석 조각 작품으로 탄성이 절로 나온다. 해신 트리톤이 이끄는 전차 위에 해신 넵투누스상이 서 있으며 거암 거석 사이로 물이 쏟아져 나와 연못을 이룬다.

동전을 던지면 로마를 다시 방문할 수 있다는 속신으로 물속에 동전이 쌓일 정도로 많다. 이것은 누구의 수입인가 그 아이디어가 좋다.

근처에서 아이스크림을 먹었는데 가게가 100년이 넘었다 하며 아이스크림 종류가 30가지는 되나 보다. 양도 많고 맛이 아주 좋았다.

트레비 분수에서 가까운 스페인 광장에는 많은 관광객들이 사진 찍기 바쁘고 영화 로마의 휴일에서 "오드리 헵번"이 걸터앉아 아이스크림 먹던 그 계단에는 헵번인 양 사진 포즈 잡는 모습들이 자리다툼이나 하듯 난리다.

계단이 꽤 많은데 광장이라 한 것은 17세기에 교황청 스페인대사가 이곳에 본부를 두면서 스페인 광장이라고 했다고 한다.

광장 중앙에 아름다운 분수가 있고 계단 위쪽에는 고풍스러운 교회가 계단을 내려다보고 서 있다.

베네치아 광장에는 이탈리아를 통일한 비트리오 에마누엘레 2세 기념관이 있고 16세기 베네치아 공화국의 로마대사관이던 베네치아 궁전도 있다.

베네치아도 작은 독립 국가였나? 현재는 박물관으로 사용하고 있다.

고풍스러운 기념관 앞에 우뚝 서 있는 기마 동상… 과연 통일 이탈리아의 주인답다. 이탈리아의 로마 그 역사와 문화를 표현하기는 글로는 아무리 써도 부족하다. 눈으로 보고 느끼는 것밖에는…

百聞이 不如一見이라니 고려 시대에 어느 조상님이 로마에 다녀오셔서 하신 말씀인가?

유럽 여행기 5

나폴리 즉 네이플스 로마 밀라노 다음가는 이탈리아 제3의 도시 아름다운 항구도시 우리의 가요가 생각난다. 어찌하여 이 먼 곳 항구도시를 찬양하는 노래를 했는지…. 그런데 현인 선생은 이 나폴리를 와 보았을까?

우리나라 남쪽 아름답다는 항구도시 통영을 노래하신 건 아닌지….

맘보 나폴리 맘보
그리운 나폴리 장미꽃 피는 남쪽 항구 나폴리
아 아 사공의 뱃노래도 사라진 밤에
창문의 그 아가씨 누구를 기다리나
맘보 나폴리 맘보
꿈꾸는 은하수 파도도 잠든 남쪽 항구 나폴리

맘보 나폴리 맘보
고요한 나폴리 그림과 같은 남쪽 항구 나폴리
아 아 베니스의 곤돌라 노를 저으며
그대와 노래하는 나폴리의 노래
맘보 나폴리 맘보
화산도 잠들고 별들도 잠든 남쪽 항구 나폴리

1956년에 만들어진 노래가 오늘의 나폴리를 이야기 한 것 같으니 그 때나 지금이나 한결같이 변하지 않은 건가?

로마 시대에는 지역 간 싸움이 너무 많았던 것 같다.

이곳 나폴리도 나폴리 왕국의 수도였다고 하니 말이다. 베수비오 화산재가 이곳까지 영향을 주어 땅이 비옥하다 하며 오렌지 가로수가 유명하다고 하니 식사 때마다 후식으로 나오던 오렌지가 그것이었나?

그런데 오렌지 속이 자주색인 것이 많았다.

카프리섬

작은 섬 작은 항구에 관광객이 들끓는다.

배에서 내려 승합차를 타고 꼬불꼬불한 절벽 도로를 올라 곤도라 타는 곳까지 왔다.

차가 다니는 길로는 우리나라라면 운행 허가를 해주지 않을 것 같은 길이다.

이곳에서 1인승 곤도라를 타고 정상으로 올라간다.

참 재미있다. 줄을 타는 의자에 앉아 섬을 내려다보는 기분이 상쾌하다.

정상에서 바라보이는 풍경이 장관이다. 까마득히 보이는 저 땅은 어디일까. 내려다보이는 푸른 바다 파도가 정말로 아름답다.

정상에는 작은 규모의 카페도 있고 여유롭게 즐길 수 있는 벤치도 많으나 우리에게는 앉아볼 시간이 없다. 발붙일 시간도 없이 분주하다가 정해진 시간에 다시 타고 내려와야 되니까…….

15세기경 해적을 피해서 고지에 형성된 마을이다.

이곳도 나폴레옹 전쟁 때 영국군에 점령되기도 했고 나폴리 왕국의 영토였었고 아우구스투스 황제, 티베이우스 황제의 별장지였다고 한다.

그때는 지금보다 더 아름다웠겠지…. 서둘러 내려오자니 너무 아쉽다.

어디를 돌아보아도 쪽빛 바다에서 일어나는 잔잔한 파도…. 저 건너로 멀리 보이는 저 아름다운 항구는 소렌토인가 산타루치아인가 커피향이 유혹하는 카페도 있는데….

다시 배를 타고 소렌토로

고대 로마 제국 시대에는 슈렌톰이라 하고 휴양지였단다.

거리의 중심 타소 광장에서 30분간 자유시간을 주었다. 주위에 14세기에 건축되었다는 성 프란시스코 수도원 박물관도 있다.

1544년 이곳에서 태어났다는 시인 타소의 기념비가 광장가운데 서 있다.

참으로 대단한 민족성이다. 시인이 대단한 건가?

대통령 동상도 부숴 없애는 나라도 있는데…… 관광객이 들끓는 광장은 가운데로 찻길이 있으나 찻길 아랑곳없다. 남녀 경찰이 있으나 그냥 포기상태로 어쩔 수가 없다. 세계에서 모여든 관광객 속에 내가 끼어 있다

숨을 돌리고 이곳에서 협궤열차를 타고 폼페이로 간다.

열차는 세계에서 온 관광객들로 만원이다.

다양한 인종들이 밟고 지나는 이 유명한 관광지가 이탈리아의 힘이구나.

열차도 재미있는 것이 장난감 열차 탄 듯 그러나 덜커덕거리며 달리는 분위기. 시끄러운 분위기. 이것이 낭만인가 보다. 더구나 그 유명한 폼페이로 가는 열차가 아닌가. 인솔자와 현지 안내원이 의자에 앉자마자 잠에 빠졌다. 이 사람들이 아니면 한 발짝도 움직일 수 없는 우리들인데 혹시 내릴 역을 지나치지 않을까 불안하다. 할 수 없이 깨웠더니 민망해한다.

가는 곳마다 인원 점검하며 계속 설명 해주어야 하고 비위 맞춰줘야 하고 참 힘도 들겠다.

기차에서 내려 점심 식사차 음식점에 들어갔는데 그 규모에 놀라지 않을 수 없다. 이렇게 큰 식당이 시설도 최고급으로 어느 나라 사람들을 태워 온 버스들이 이렇게 많이 서 있고 그중에 우리를 나폴리항에 내려 주었던 버스도 여기 와서 기다리고 있었다. 폼페이 유적의 힘이다. 여기서도 자국민 안내원이 동행했다.

폼페이 유적지는 AD 79년 8월 24일 멀리 보이는 베수비오 화산의 폭발로 한순간에 멸망한 도시 유적이 19세기에 들어 발굴된 곳이다.

화산재로 덮였던 도시가 발굴되면서 고대 로마의 생활상을 알 수 있는 모습으로 나타났다.

도시의 모습 주거의 모습 특이한 것은 목욕 문화의 모습이다.

설명에 의하면 로마가 목욕 문화로 생활에 어떤 영향을 끼쳤을 것이라며 발굴된 목욕 시설을 설명해 주었다.

물을 데우는 화구에서부터 온탕? 냉탕? 찜질방?

웃으면서 설명하고 웃으며 듣지만 그 크기에 놀라지 않을 수 없다.

멀리 보이는 화산이 폭발해서 이 도시가 화산재로 덮였다니 그 화산의 위력이 어떠했으며 그때의 인구는 얼마나 되었을까? 듣기로는 도시 규모로 봐서 몇만이라 하는데…. 하나의 도시이나 독립 국가처럼 모든 것이 갖추어져 있었던 것 같고 평지가 아닌 야산 언덕 위에 펼쳐져 있다.

이곳에서 발굴되었다는 미라도 전시되어 있다.

로마로 돌아가는데 세 시간 정도 걸린다고 하니 눈 좀 붙여야겠다. 이탈리아 2,000년 전 역사를 생생히 느낄 수 있는 나라 어디를 가도 어느 것이건 역사 아닌 것이 없다.

오래되어서인지 도로 상태는 좋아 보이지 않고 도로 시설도 간단하게 보이지만 그렇게 멀리 달려도 차가 많아도 한 번도 정체되는 곳이 없으며 사고 차량을 한 번도 보지 못했다.

우리가 탄 버스를 보아도 얼마나 법규를 철저히 준수하는지 알 수 있었다. 휴게소의 모습도 아주 간결하다. 우리 고속도로 휴게소는 우선 주차장이 대형에 건물과 점포가 대형 시장이다. 그러나 우리와는 달리 잠시 쉬어 간단히 볼일 보고 지나는 간이휴게소 규모로 아주 소탈한 모습이다.

편의점과 간이식 커피를 마시는 정도다.

또 이들의 국민성은 국가관이 투철하다. 자기 나라를 찾은 외국인 관광객에게 저자세의 태도를 보이지 않는다. 와도 그만, 가도 그만이지.

로마 제국의 후예 통일 이탈리아의 민족이라는 자긍심이다.

이 나라는 원전을 배척하고 태양열 수력 풍력을 이용해서 전기를 공급한다.

고속도로를 달리며 태양열 집열판을 설치한 대형건물과 풍력 발전기를 많이 볼 수 있다. 전기 절약이 생활화되어 호텔에서 3일간 느낀 점이다.

모든 시설이 절약형으로 만들어져 자동으로 절전이 되게 되어 있다.

도로를 달리며 느낀 것 또 하나는 캠핑카가 많은 것. 고속도로에서 보이는 주차장에 서 있는 많은 차량들 모두 리스 차량이라 하고 도로에는 달리는 캠핑카가 상당히 많은데 그들의 생활의 단면인 듯하다.

그들의 역사는 현재도 진행형이다.

생활문화는 수천 년 전해 내려온 관습인가 주거는 높은 곳으로 올라가고 도로는 이어져 있으며 낮은 산 큰 언덕 위로는 작은 성이 만들어져 있고 성이 있는 곳 아래에는 낮은 구릉 넓은 평지가 펼쳐져 있다.

언제 축성된 것인지 성안으로는 고풍스러운 건물이 작으나 성의 위용을 자랑하고 있다. 그 시대가 연상이 된다.

몇백 년 아니면 수천 년 전 지배계급이 높은 지역에 성을 쌓고 한 지역을 지배하며 전쟁하며 오르내리고 말을 달리던 곳일 것이다.

차창 밖으로 풍경을 보면서 느끼는 것이다. 시골 지역을 달리면서 가끔 보이는 작은 성들 그곳에도 역사는 말없이 감추어져 있고 조용히 잠들어 있다.

비트리오 에마누엘레 2세의 영향을 받았는가?

무솔리니의 음성을 들었는가?

아침 일찍 바티칸 박물관을 관람하기 위해 서둘러 나섰으나 이미 장사진 부지런히 뛰어가 꼬리를 이었다. 날씨를 알 수 없으니 우산을 챙기라는데 하늘이 도와 지금껏 날씨 좋다고 한 것이 이날 드디어 비를 맞게 되었다.

두 시간 줄 서 있는 동안 비가 오다 햇빛이 나기를 몇 차례… 모두 비를 맞고 서 있다가 인솔자가 들어가지 않을 분은 나오라고 하니까 일행 중 절반은 빠져나가고 이곳까지 왔는데 지금까지 서 있었는데 하고 버텨서 입장을 했다.

인솔자와 현지 안내원이 인원을 반씩 나눈 셈이다.

바삐 들러 나오기는 했지만 정신없이 보기는 했지만 기억에 남은 것은 미켈란젤로의 "천지창조", "최후의 심판"정도 잊지 않고 있을 뿐이다.

시설이 웅장하고 유물들 벽화와 천정까지 그림으로 장식되어 있고 나 문외한은 이해도 못하거니와 많은 그림을 보아도 머릿속에 남아 있지 않으니 그게 정상이지….

입장하지 않은 사람들은 인솔자와 커피 마시고 쇼핑도 하고 즐거웠단다.

바티칸 시티의 성베드로 성당은 가톨릭의 총본산이다.

가톨릭의 진원이고 그 자체가 하나의 국가이다. 인구는 1,000여 명 정도 세계에서 제일 작은 독립 국가이다. 현재 교황이 거주하고 역대 교황의 묘소가 있으며 교황청사 베르베델 정원과 함께 바티칸 시국이다.

15세기의 교황 니콜라오가 착수하였다 하며 미켈란젤로의 역할이 컸다고 한다. 100여 년에 걸쳐 공사가 진행되었으며 그 규모는 웅장하고 화려하다.

내부에는 화려한 시설과 옛 교황의 미라도 모셔져 있고 출입문 세 개 중 오른쪽 문은 25년 만에 한 번 열린다고 한다.

베드로 대성당은 네로황제의 박해로 순교한 초대 교황 베드로의 무덤 언덕에 있던 성당 자리에 지었다. 줄을 선 입장객이 엄청 많았으나 비도 개이고 기대감으로 기분이 즐겁다.

소지품 검색이 철저하다. 과도가 있어서 인솔자에게 주었더니 그 사람은 들어가지 못하고 밖에서 우리 나올 때까지 기다렸다가 해후했다.

많이 들어가 보았을 테니까…….

베네치아로 떠나기 전 이탈리아에서 계속 우리와 함께했던 현지 안내원과 작별했다. 열심히 챙겨주고 설명해 주었는데 며칠 동안 수고해 준 사람과 헤어지니 좀 서운하다.

호텔에 도착하니 베네치아를 안내해줄 사람이 호텔에서 기다리고 있었다.

내일 베네치아로 함께 갈 사람이다. 그런데 나이가 어린 학생이다. 아르바이트하는 유학생이라고 한다.

이탈리아의 로마를 관광하면서 혼자 느낀 게 있다.

현지 안내원이 가는 곳마다 우리와 함께할 가이드라며 그 나라 사람을 소개했다. 소렌토에서 박물관에서 성당에서 등 여러 사람을 인사는 시켜주었지만 우리는 우리 한국인 안내원 얼굴만 보고 따라다니는데 왜 저 사람을 소개할까? 무엇하나 설명해 줄 수도 없고 무엇 하나 물어볼 수도 없는데…. 존재조차 관심도 없는데… 들어갔다 나오면 끝인데…. 생각해 보니 세계에서 몰려오는 관광대국에서 하나의 정책인 듯싶다.

국가의 자긍심을 세우고 국민의 일자리 창출이 아닐까. 외국의 단체 관광객은 자국의 안내원을 쓰도록 규정을 만들어 놓았나 보다. 강제 규정이 아니고서야 아무 도움도 안 되는 사람을 동행하게 하겠는가? 젊은 여인도 있고 나이 많은 아저씨도 있고… 관광이 끝나니 우리 안내원이 수고비라고 주면서 박수를 유도하는데, 국가의 정책인가 보다 혼자 생각해 보았다.

유럽 여행기 6

베네치아, 로맨틱한 지명이다. 역사를 들어보면 이렇다.

기원 5세기 훈족의 왕 아틸라에 쫓겨 바다로 달아난 뒤 섬에서 그대로 정착한 사람들이 9세기부터 13세기에 걸쳐 바다 위에 강력한 왕국을 세웠다.

117개의 섬과 150개의 운하, 378개의 다리로 연결된 수상 도시다. 교통수단은 모두가 배로 택시 자가용 앰뷸런스도 배고 경찰 순찰차도 배다. 각각 색깔과 문양이 다르다. 관광객이 이용하는 배는 쾌속선으로 섬 사이 운하를 운행한다.

베네치아는 물 위에 떠 있는 도시로 신비하다. 육지에서 모든 자재를 들여와 건축을 하였다는데 기초는 나무 기둥이라니 더욱 신비하고 물이 바닥에 차면 연결해놓고 길로 이용한다는 우리의 좌판 같은 물건들이 광장 여러 곳에 쌓여 있는 걸 보면 물의 도시를 실감하게 한다.

나무로 기초를 박고 건설한 도시 이 도시가 지금까지 동서양을 잇는 활발한 무역으로 돈을 많이 벌어 부자가 되고 진귀한 예술품들로 가득 채워놓은 도시 기상천외한 도시다.

낭만의 조각배 곤돌라 골목을 구경하려면 이 배를 타야 하니까 구경하기로 했다. 건물이 물속에 잠겨있는 골목에는 자가용 곤돌라가 집집마다 서 있고 물속으로 잠겨있는 벽에는 조개도 붙어 있다. 골목을 돌며 뒷배에서 가수와 아코디언 연주자의 음악 소리가 골목을 울린다. 산타루치아를 합창하며 박수 소리가 요란하다. 우리 민족성의 특징이 발

휘되는 현장이다.

내려서 들으니 팁 20유로로 낸 기분이라네요.

골목 구경은 곤돌라로 하고 운하는 쾌속선으로 바꿔 탔다.

개인 수신기를 주고 안내자가 열심히 설명해 주지만 잘 들리지도 않고 귀에 들어오지도 않는다. 바닷속에 뿌리를 박고 서 있는 건물들이 어찌 저리 화려하고 웅장한지 건축미는 이탈리아풍이니 그럴 것이고………

베네치아 산마르코 광장에 산마르코 대 성당이 있다. 서기 828년 성인 마르코의 유골을 베네치아로 옮겨와 이 도시의 수호성인으로 모시며 성당을 세웠다고 한다.

광장 뒷골목 작은 마당 앞에 "비발디" 문패가 붙어 있는 벽돌집이 있다.

세계적인 작곡가, 그 유명한 "사계"의 작곡가 아닌가. 아, 그이가 이곳 출신이구나. 이 수상 도시에서 풍요한 생활을 했을 듯 그 사람이 살다 간 17세기를 연상해 보았다.

이곳 베네치아에 유명한 인물을 소개하는데 탐험가 "마르코 폴로", 작곡가 "안토니오 비발디"를 포함, 그 유명한 "카사노바"를 이야기한다. 카사노바는 문학가이고 모험가인데 많은 사람과 교유하면서 엽색 행각으로 더 큰 이름을 남겼으니 그 또한 대단한 일이다.

시대가 만들어 준 명성일 뿐…. 물 위의 도시에도 궁전도 있었고 감옥도 있었다. 재판을 받고 감옥에 갈 때 건너는 다리는 "탄식의 다리"라고 한다.

저것은 법원 건물이고 저것은 "몬로"의 별장이고…… 아름다운 베네치아 역사가 2,000년이라 하는데 바닷물의 높이가 높아지고 있는 건지 도시가 내려앉는 건지…. 세월이 지나고 나면 새로운 관광목적이 생겨나지 않을까?

이대로 잘 유지 되었으면 하는 마음 간절하다.

아름다운 베네치아 바다 위에 떠 있는 베네치아 영원하기를, 안토니오 비발디", "마르코 폴로", "카사노바"의 명성을 위하여.

700여 년 전에 시작하여 일세기에 걸쳐 완성되었다는 두칼레 궁전은 과거 베네치아 공화국 총독관저였고 한때 공화국 정부 청사였었다. 두칼레 궁전의 설명을 들으며 베네치아 현지 안내원과 작별하고 알프스가 보이는 아름다운 도시 인스브루크로 떠났다.

네시간 반 정도 걸린다니 장거리이다. 서울에서 부산 가는 만큼의 거리인가 보다. 창밖의 풍경이야 말할 것 없이 그림이다.

돈 있는 기관에서 만든 달력에서 보던 푸른 초원이며 높은 산위에까지 주택이 드문드문 있는 것 그래도 길은 있겠지만 전기는 우리와 같이 거리 계산은 하지 않나? 태양열을 이용하나 보다. 고속도로 휴게소에서 남은 유로화로 과자 한 개 사고 모두 털어주었더니 OK한다.

도중에 길이가 16km가 넘는 터널이 있는데 고트하르트 터널? 몇 시간을 가야 하니 비디오를 틀어 주었다. "로마의 휴일"이탈리아 국경을 넘으며 로마를 기억할 명화이다.

오스트리아 인스브루크 마리아 테레지아 거리는 오스트리아 대공 키를 6세의 딸 마리아 테레지아를 명명한 도시다 오스트리아를 근대적 국가로 통일시켰다고 하며 16자녀를 낳았는데 요제프 2세, 에오폴드 2세는 즉위했고 마리 앙투아네트는 프랑스 왕 루이 16세의 왕후가 되었다고 한다.

황금 지붕은 인스브루크 구시가지에 있는 고딕 양식건물의 발코니를 덮고 있는 지붕이다. 2,738개의 도금된 동판으로 되어있는데 1420년 군주의 성으로 지어진 건물에 1497년 황제 막시밀리안이 지붕을 만들었다고 한다 .

황제가 야외에서 열리는 행사를 구경하기 위해 만든 발코니로 인스브루크의 상징이다.

인스브루크의 딸레아라는 산 고지에 형성된 작은 도시에서 하루를 묵고 먼 거리를 가기 위해 새벽에 기상해서 아침 식사로 도시락을 호텔 측에서 준비해 주고 어둠이 거치는 시간 호텔을 나왔다. 밤에 도착할 때 깜깜한 산 도로를 꼬불꼬불 큰 버스가 낭떠러지가 보이는 좁은 길을 재주 부리듯 올라갔는데 과연 아침에 보니 경치는 절경이요, 높은 산 중턱의 그 신선한 공기. 산 아래로 깔린 안개가 피로를 말끔히 씻어준다. 이렇게 일찍 서두르는 것은 오늘 낮 시간 독일에서 인천행 비행기를 타기 위해서일 게다.

네 시간을 더 걸려 독일의 네카 강변에 도착했다. 오늘이 마지막 날이니 공항으로 이동하기 위해 경유지인 듯 먼저 찾은 곳이 네카강에서 제일 오래되었다는 "카를데오도어 다리", 주위의 아름다운 모습 낭만적인 강변에 고풍스러운 건축들 시설물들이 관광객의 기분을 들뜨게 한다.

멀리 산 위로 보이는 고성은 옛 난세를 말해주듯 지금은 기둥과 벽 일부만 남아있다고 한다.

이 다리는 처음에는 나무로 되어 있었는데 강물이 불어나면 쉽게 파손되어 선제후 카를 테오도어가 돌로 다시 놓도록 명령해서 다리 이름이 카를 테오도어 다리이다.

강 건너로 보이는 하이델베르크 대학교는 프라하 대학교와 빈 대학교 다음으로 독일권에서 가장 오래된 대학으로 16세기 종교개혁의 보루가 되었고 19세기 대표적 대학이 되었다. 이곳이 여러 대학이 몰려있는 대학촌이라고 한다. 이곳에서 점심을 먹고 쇼핑 시간이 주어졌다.

독일의 명품은 소문대로 칼이고 또 압력솥 아닌가. 며느리에게 줄 선물 딸에게 줄 선물도 샀다. 여행 보내주고 가서 쓸 것까지 환전해서 준게 자식들이지만 고맙다. 남기지 말고 다 쓰라고 했는데 결국은 선물에 쓴 게 되었네.

반갑게도 선물을 산 가게주인은 한국 여성이었다. 간호사로 와서 돌아가지 않고 독일 사람이 되었단다. 무리 지어 들어가서 정신을 빼놓으니 고국인이라고 친절할 수도 없다. 얼마나 많은 한국인에게 시달릴까. 우리는 그럴 수밖에 없는 것이 빨리 돈 치르고 정해진 시간에 버스를 타야 하니까…….

시간이 촉박해서 서둘러 프랑크푸르트 공항으로 떠났다.

한 시간 반 정도 걸린다고 한다. 독일의 고속도로, 예전에 들었던 "아우토반", 독일에 오니 차선이 3차선 4차선으로 넓어졌다. 독일에 들어오면서 산이 없어졌다. 드넓은 평야에 쭉 뻗은 도로는 예전에 유명했던 이름값이 충분하다. 듣기로는 속도제한이 없다고 들었었는데 잘못 본건지 바뀌었는지 120km로 되어 있고 절대적으로 정속도를 유지한다.

사고 차량이나 그로 인한 정체현상 같은 것을 한 건도 볼 수 없다. 지금까지 유럽을 돌아다니는 동안 사고 차량이나 정체 현상을 한 번도 보지 못했다. 철저한 준법정신과 원활한 교통 체제 때문이겠지.

프랑크푸르트 공항에서 일찍 수속을 마치고 기다렸다.

바쁘게 줄달음친 십여 일…. 휴…우… 한눈팔 새도 없이 빡빡한 여행…. 이제 끝났다.

우리의 대한항공. 인천까지 11시간 정도 걸린다니 인천에 도착하면 몇 시일까? 시차가 영국은 한국보다 9시간 늦고 프랑스 이탈리아는 8시간 다시 독일에서는 7시간이 늦다. 돌아갈 인천 공항을 생각하며 인솔자의 말이 떠올랐다.

유럽지역 여러 나라의 국제공항은 거의 역사에 큰 이름을 남긴 분들의 이름으로 지었다고 한다.

그 나라를 떠올릴 인물의 이름으로 국제공항을 명명하면 국위가 선양되는 효과가 있고 역사를 떠올릴 계기가 된다며 우리의 인천 공항을 아쉽게 생각하고 있었다. 대한민국을 대표하는 도시도 아닌데 이미지 기여에 부족하다는 의견이었다. 해외를 주름잡는 대한민국의 일원으로서의 사견을 동감할 수 있었다.

인천 공항에 도착하니 영국 공항보다 독일 공항보다 더 좋다. 규모도 시설도 최고다. 행복하고 풍요롭게 사는 나라… 우리나라는 살기 좋은 나라….

나는 대한민국 국민이다.

〈동유럽, 대만 여행기는 다음 편에〉

북촌, 105*72

북촌

북촌은 종로구 가회동 삼청동 원서동 재동 계동 일대를 말하는데 사적과 민속자료가 많이 있어 도심의 박물관이라 불린다.

지리적으로 좋은 환경을 이루어 예로부터 권문세가들의 주거지였다, 박영효 김옥균 민대식(민영휘 자) 등 세도가들이 모여 살았고 지금 원서동에는 전통기능 보유자 및 예술인들이 많이 모여 산다, 윤보선 가옥 한씨 가옥 이준구 가옥 등 문화재로 지정된 가옥도 있다.

전통주거지역으로 보존하기 위해 미관지구로 지정하고 한옥보존정책을 시행하기도 했으나 길을 넓히고 한옥을 철거하는 행정으로 실효를 거두지 못했다.

한옥을 철거하고 다세대 주택이 건설되고 고도가 완화되면서 경관이 많이 훼손되었다.

그림은 북촌 8경 중 6경으로 가회동 골목길 전통 한옥 기와 처마 사이로 서울의 도심이 보이는 곳으로 관광객들이 많이 찾아 주민들에게는 불편이 많아 그로 인해 민원도 많다고 한다.

3장

한시세설

6.25 사변事變

6.25 사변은 1950년 6월 25일 일요일 새벽에 북한이 대한민국을 침공하여 일어난 전쟁으로 1953년 7월 27일 휴전 협정까지 3년이나 이어졌다.

6.25 사변에는 주변국들이 개입되어 있는데 히로시마·나가사키 원폭 투하로 일본이 항복하고 철수하자 북쪽을 소련이 남쪽에 미국이 영향력을 행사하게 된 것이 큰 원인이라고 하겠다.

소련(소비에트연방)이 김일성의 요청으로 무기를 지원해 탱크를 앞세우고 남쪽으로 밀고 내려온 전쟁 6.25 사변. 철의 삼각지 백마고지 펀치볼 뺏고 빼앗기고 엄청난 전사자가 발생한 생생한 기억들.

잊을 수 없는 1.4 후퇴…. 북측의 전세가 불리해지자 중공군이 개입하여 인해전술(人海戰術; 하얀 솜옷을 입은 중공군이 파도가 해안으로 밀려오는 것처럼)로 남하함으로 제일 처절했던 피난 이야기.

흥남 부두의 목숨을 건 피난 행렬… 부산의 고달픈 피난살이가 유행가(대중가요)로 달래지던 그 이야기를………

눈보라가 휘날리는 바람 찬 흥남 부두에
목을 놓아 불러봤다 찾아를 보았다
금순아 어디로 가고 길을 잃고 헤매었더냐
피눈물을 흘리면서 1.4 이후 나 홀로 왔다

일가친척 없는 몸이 지금은 무엇을 하나

이내 몸은 국제시장 장사치이다
금순아 보고 싶구나 고향 꿈도 그리워진다
영도다리 난간 위에 초생달만 외로이 떴다

철의장막 모진 설움 받고서 살아를 간들
천지간에 너와 난데 변함 있으랴
금순아 굳세어다오 북진통일 그날이 오면
손을 잡고 웃어보자 얼싸안고 춤도 춰보자

흥남 철수라는 작전명으로 사랑하는 사람과 헤어져 피난선 Victory호에 실려 부산까지 내려와 가슴 찢기는 서러움을 노래로 달래주던 현인 선생.

국제시장에서 장사치로 살아가면서도 고향으로 돌아갈 꿈을 잃지 않았던 그분들은 지금 살아 계실까?

사십 계단 층층대에 앉아 우는 나그네
울지 말고 속 시원히 말 좀 하세요
피난살이 처량스러 동정하는 판잣집에
경상도 아가씨가 애처로워 묻는구나
그래도 대답 없이 슬피 우는 이북 고향 언제 가려나

고향길이 틀 때까지 국제시장 거리에
담배 장사 하더라도 살아보세요
정이 들면 부산항도 내가 살던 정든 산천

경상도 아가씨가 두 손목을 잡는구나
그래도 뼈에 맺힌 내 고향이 이북 고향 언제 가려나

영도다리 난간 위에 조각달이 뜨거든
안타까운 고향 얘기 들려주세요
복사꽃이 피든 날밤 옷소매를 끌어 잡는
경상도 아가씨가 서러워서 우는구나
그래도 잊지 못할 가고 싶은 이북 고향 언제 가려나

10만여 피난민들이 산비탈 계단에 앉아 설움을 삭이던 때 노래로 쓰라린 가슴을 위로해 주던 그 곡. 그 노랫말에 피난살이의 애환이 절절이 서려 있다. 사십 계단에 모여앉아 이북 고향을 그리던 그분들.

북쪽 고향은 영영 밟아보지 못하고 70년이 흘러갔으니 이제는 피난살이가 낳은 노래도 잊혀 가고 중앙동 사십 계단은 역사를 돌아보는 테마 거리가 되었다.

6.25 사변을 겪은 대한민국 국민이면 누구나 다 아는 이야기. 이것을 우리 젊은이 학생들은 기억해야 한다.

3년여의 지루한 전쟁으로 같은 민족인 남북이 70년이 넘도록 나뉘어져 수많은 이산가족을 만들고 한반도 전체를 휩쓸었던 전쟁으로 동족상잔의 최대의 비극이다.

눈 녹인 산골짝에 꽃이 피누나
철조망은 녹슬고 총칼은 빛나
세월을 한탄하랴 삼팔선의 봄

싸워서 공을 세워 대장도 싫소
이등병 목숨 바쳐 고향 찾으리

눈 녹인 산골짝에 꽃은 피는데
설한에 젖은 마음 풀릴 길 없고
꽃피면 더욱 슬퍼 삼팔선의 봄
죽음에 시달리는 북녘 내 고향
그 동포 웃는 얼굴 보고 싶구나

기억에서 사라져 가는 삼팔선은 표지석으로만 남겨진 전쟁의 상징이 되었다.

3.8선을 사이로 두고 벌인 전쟁은 봄 여름 가을 겨울 이 몇 번이 바뀌도록 병사들의 고통을 어찌 말로써 표현하랴.

남북 모두 이 전쟁의 후유증에서 벗어나기 어려웠고 남북한의 이념과 정치에 영향을 끼쳤으며 지금까지도 진행 중이다.

6.25 사변을 6.25전쟁 또는 한국전쟁이라고 바꾸어 표시하게 된 것부터 말하면 사변이란 정의를 내려야 할 것이다.

사변이란 "어느 한 나라가 상대국에 선전포고 없이 침공하는 것"을 말한다.

그러나 세월이 흘러 6.25의 실상이 잊혀 가고 북에 동조하는 집단이 자리 잡으며 남침이란 사실을 흐리기 위해서 용어마저 바꿔 쓰게 되었다.

사변이란 말을 전쟁으로 쓰게 되었으며 외국에서는 한국전쟁으로 표기한다.

6.25 사변은 엄청난 인명 피해와 재산 피해를 야기시켰다.

3년여에 걸친 전쟁으로 한반도 전체가 폐허가 되었고 참전한 UN군 병력까지 엄청난 피해를 입었으며 20만의 전쟁미망인과 10만이 넘는 전쟁고아, 1천여만이 넘는 이산가족을 만들었다.

북한은 인구의 10%가 넘는 113만여가 사망했다고 한다.

남북 모두 산업시설과 공공시설이 거의 파괴되었으며 가옥의 절반이 파괴되었다.

북한은 전후 복구를 위해 소련으로부터 10억 루블을 지원받았으며 중국으로부터 8억 위안을 지원받았다고 한다.

이렇게 무서운 전쟁을 치른 대한민국이 잊지 말아야 할 것은 우리나라를 도와준 우방이다.

미국 영국 오스트레일리아 캐나다 네덜란드 뉴질랜드 프랑스 터키 필리핀 태국 그리스 남아프리카공화국 에티오피아 콜롬비아 벨기에 룩셈부르크. 16개국

많은 병력과 전투 장비 지원을 아끼지 않았으며 또 스웨덴 인도 덴마크 노르웨이 이탈리아 독일 등은 야전병원 이동외과병원 적십자병원 의료지원으로 적극적 인도적 전선에서의 활동으로 수많은 인명을 구하였고 당사국도 많은 희생자가 발생했다. 유엔군 그중 미국의 희생은 우리가 지금 이루어 낸 기적의 밑바탕이다. 36,590여 명의 미군을 비롯하여 13만여의 병력이 전사 포로 실종되어 지금도 끝나지 않은 전쟁이 이어지고 있다.

이렇게 우리나라를 위해서 병력을 보내주고 수많은 전사자를 내었어도 영광으로 여기고 헛되이 하지 않는 우방의 그 거룩한 뜻을 우리는 얼마나 알고 있는가…………

그들은 한국전 참전을 자랑스럽게 여기며 희생된 전사자들을 위해서

또 살아있는 영웅들을 위해서 국가에서 최대한의 지원을 아끼지 않으며 나라마다 한국전 참전 기념비를 세워 그 기억을 살리고 있다.

6.25 사변 70년이 지난 지금 우리나라는 물론이고 유엔군으로 참전했던 영웅들은 얼마나 살아계실까.

조그만 동방의 나라 대한민국을 위해 피를 흘리셨던 그분들은 지금도 자신의 조국에서 우리나라를 지켜보고 계시다.

우리 대한민국 국민들은 이렇게 지켜진 우리 대한민국을 잘 지켜가고 있는가?

전우의 시체를 넘고 넘어 앞으로 앞으로
낙동강아 흐르거라 우리는 전진한다
원한이야 피에 맺힌 적군을 무찌르고서
꽃잎처럼 떨어져 간 전우야 잘 자라

우거진 수풀을 헤치면서 앞으로 앞으로
추풍령아 잘 있거라 우리는 돌진한다
달빛 어린 고개에서 마지막 나누어 먹던
화랑 담배 연기 속에 사라진 전우야

고개를 넘어서 물을 건너 앞으로 앞으로
한강수야 잘 있느냐 우리는 돌아왔다
들국화도 송이송이 피어나 반기어 주는
노들강변 언덕 위에 잠들은 전우야
터지는 포탄을 무릅쓰고 앞으로 앞으로

우리들이 가는 곳에 삼팔선 무너진다
흙이 묻은 철갑 모를 손으로 어루만지니
떠오른다 네 얼굴이 꽃같이 별같이.

9.28 수복 후 유호 선생 박시춘 선생이 만든 이 노래는 수많은 전우를 잃고 피눈물을 흘리며 부르던 진중가요다 현인 선생의 목소리가 들리는 듯하다.

휴전이 되고 점차 사라져간 이 노래 "전우야 잘 자라" 전쟁의 참상이 눈에 보이지 않는가.

북의 사상을 추종하는 집단이 있는가?

지금 청소년들을 바르게 가르치고 있는가?

행복하게 살고 있는 나라, 우리가 후세에 대대로 물려주어야 할 자유 대한민국을 제대로 이끌어가고 있는가.

世廬無關掩竹窓
庭陰盡日臥青龙
宇宙恢洪容萬物
峰巒列立坼長江
點水蜻蜓飛款款
盤天鷗鷺下雙雙
吾人何事分南北
速使英雄通一邦

조용한 오두막 창에 대나무가 드리웠고
해 다한 그늘진 뜰엔 삽살개가 누워 있다
넓디넓은 우주는 만물을 포용하고
산봉우리 열 지어 선 사이로 긴 강이 열렸다
귀뚜라미 잠자리는 물을 차며 날고
하늘에 갈매기 해오라기들 짝지어 내려앉는데
우리들은 어찌하여 남북으로 나뉘었는가
속히 영웅으로 하여금 나라가 통일되어야 한다

처절했던 3년여의 전쟁이 휴전으로 멈추고 고향을 떠나 남쪽 부산으로 피난을 갔던 사람들이 고향을 찾아 서울로 돌아오면서 부산정거장에서 열차를 타는 귀향길도 3년의 피난살이의 애환 서린 이야기가 노래로 가슴을 쓸어 준다.

3년의 피난살이가 얼마나 처량하고 그 생활이 얼마나 고달팠겠는가.

보슬비가 소리도 없이 이별 슬픈 부산정거장
잘 가세요 잘 있어요 눈물의 기적이 운다
한 많은 피난살이 설움도 많아
그래도 잊지 못할 판잣집이여
경상도 사투리의 아가씨가 슬피 우네
이별의 부산정거장

서울 가는 십이 열차에 기대앉은 젊은 나그네
시름없이 내다보는 창밖의 등불이 존다

쓰라린 피난살이 지나고 보니
그래도 끊지 못할 순정 때문에
기적도 목이 메어 소리높이 우는구나
이별의 부산정거장

유호 선생이 작사하고 박시춘 선생이 작곡한 이 노래는 휴전 후 1954년 남인수 선생이 불러 전 국민의 심금을 울린 노래다

6.25 사변이 일어난 지 70년여. 그동안 우리는 한손 에 총칼 들고 나라를 지켰고 한 손에 삽 들고 부지런히 나라를 부흥시켜 지금 이처럼 잘살고 있다. 삽살개 평화로이 낮잠을 즐기고 온갖 새들 제 마음대로 나드는 이 넓은 우주에 어찌하여 우리는 남북으로 나뉘어 오가지도 못하는가….

붉은 사상이 발붙일 수 없는 건강한 나라 대한민국의 국력은 우리들의 올바른 국가관이다. 피 흘리며 적과 싸워 나라를 지킨 노병은 한 분 두 분 사라지고 부모·형제 가족을 모두 잃고 어린 나이에 지금까지 살아남아서 이 글을 쓰는 필자는 홀로 죄스럽고 면목 없이 가슴 아파… 잊을 수 없고 잊어서도 안 될 6.25 사변일은 올해도 그냥 그렇게 지나간다….

7월의 친구

低頭回億少年時
此地逢君早不期
落花消息愁聽鳥
暇日風流耽得詩
水面秧針新出葉
風前柳色綠斜枝
有事漁樵鄕味足
餘生益壯老遲遲

고개를 숙이고 조용히 젊은 시절 돌이켜 생각하니
일찍이 이 땅에서 자네를 만나기로 기약은 하지 않았지
꽃 떨어지는 소식에 새소리가 걱정스럽게 들려도
한가로운 날엔 시를 읊으며 풍류를 즐겼었네
수면에는 송곳 같은 볏잎이 새로이 솟아나고
바람 앞에 버들가지도 푸르게 늘어졌는데
일이 있을 때마다 고기 잡아 고향 맛 족하니
남은 생애 건강하게 천천히 아주 천천히 늙세

시위를 떠난 화살처럼
빠르게 모여진 하루하루가 몇 천 몇 만 날인가

아득한 지난날을 더듬어 보니
아…. 이 친구를 만난 것이 그때였었어….
어렵던 시절에 우리는 서로 정을 나누었고
모자라는 것 채워주지 못함을 마음 아파했지
볏 잎이 송곳같이 힘을 받을 때면
환하게 웃어대던 꽃잎은 기운을 잃어 떨어지고
꽃 속에서 노래하던 새들이 슬퍼지는 때에도
우리는 풍류로 돈독한 정을 쌓았었지
온 세상이 푸른 옷으로 갈아입고
따가운 햇살에 물가가 즐겁던 이 계절이
지나가면 다시 오고 왔다 가면 또 오고
반백 년 이어온 정만큼이나
얹힌 나이가 쓸쓸해지는 지금
그림자라도 매어두고 싶은…
지금은 그곳에서 잘살고 있겠지
건강은 어떤가
혼자서 거동 할 만하면 다행 아닌가
자네 집사람은 안녕하신가
정을 나누며 착하게 살았고
마음으로 서로의 안녕을 빌어주던 친구야
쏜 살은 잡을 수가 없으니 끌려가지나 마세나
그 7월의 친구

가을의 노래

아~ 가을인가

아~ 가을인가

아~~ 가을인가 봐

물동이에 떨어진 버들잎 보고

물 긷는 아가씨 고개 숙이지

나운영 선생이 이 노래를 작사 작곡할 때는 우물가에 댕기 느린 아가씨들이 옹기 물동이에 똬리 받쳐 머리에 이고 물 길으러 모이는 시절이었으니 물동이에 버들잎 떨어지는 것을 보고 고개를 숙인다고 했다.

시를 쓴 선생은 물 긷는 아가씨의 마음을 이해했을까?

우물은 마을 처녀들이 자연스럽게 모여 서로의 소식을 알 수 있는 장소다.

물 길으러 나온 처녀들은 무슨 이야기를 했을까.

이웃 마을 소식도 알기 어려운 시절이니 아마도 누구네 일꾼이 먼 산에 나무하러 갔다가 늑대를 보았다든가 누구네가 강아지 몇 마리 낳았는데 나누어 준다던가 뭐 그런 이야기 일 게다. 강아지 새끼 낳으면 동네에 나누어 주던 시절이니 개를 사고파는 시대가 오면 말세라고 한 것은 옛 어른들의 기준에서 한 말일 뿐이다.

우물가에는 버드나무를 심지 않는데 노랫말이니 예쁘게 지은 것이겠지 울안의 우물이나 동네 공동 우물가에나 사철 푸르고 잎이 떨어지지 않는 측백나무나 향나무를 심는다.

오늘의 가을 이야기는 너나 나나 많다. 가을이라면 먼저 떠올리는 것이 단풍 여행일 것이다. 무지갯빛 아름다운 산색이 사람의 마음을 홀려 발길을 이끌고 오곡백과가 무르익는 계절이니 먹을거리가 넘쳐나는 풍성한 계절이요 하늘을 쳐다만 보아도 기분을 설레게 하고 어디론가 여행하고 싶게 하는 가을….

그러나 당시 시인의 시집에 나타난 가을 이야기는 요즈음처럼 흔한 단풍 이야기가 아니다.

1. 초추初秋

署氣收空天氣晴
草蟲鳴以變秋聲
雲根倒地青山重
溪影當門邃檻明
小院微凉松葉暗
全家濃翠樹陰平
朝來聚雨千林洗
縱是無塵不耐淸

더운 기운 걷히니 하늘은 더욱 맑고
풀벌레 울음소리도 가을 소리로 변했구나
구름이 땅으로 엎어져 청산은 무겁고

시냇물 문에 비치어 깊숙한 우리 난간을 밝힌다
서늘한 작은 뜰에 솔잎도 짙게 푸르고
온 집안에 가을걷이가 그늘 아래로 널렸어…
이른 아침에 비가 내려온 세상이 씻기니
티끌 하나 없이 깨끗한데 어찌 맑지 않으랴

무덥던 여름이 지나니 하늘은 더욱 푸르고 풀벌레 소리도 가을을 느끼게 한다. 산 위에 구름이 얹혀 구름을 이고 있는 듯 무겁게 느껴지고 맑은 물이 햇빛에 반사되어 집안에까지 비춘다.

가을걷이로 마당에는 온갖 곡식이 널리고 가을비로 깨끗이 씻긴 날씨는 그야말로 쾌청하다.

시인은 사물을 보면 詩句가 떠오르는 것 이렇게 좋은 날 어찌 시 한 수가 없겠는가. 저절로 흥이 일어 노랫소리가 듣기 좋았을 것이다. 해 떨어진 뜨락 아래에서 귀뚜라미가 운다. 그 울음소리에 맞추어 시 한 수 읊으니 그 녀석이 처량해 보였나 보다.

2. 추충秋蟲

甲羽稱名鱗有魚
於山於水異渠居
非悲非樂尋常爾
多感多歎落拓余
莫近寒閨機歇後

偏多戌樓憶人餘
其鳴終是光陰促
問幾停砧幾捲書

이름은 갑우라 하나 비늘이 있는 물고기 닮았는데
산이나 물이나 시렁에서도 산다
슬플 것도 즐거울 것도 없을 너의 일상인데
한도 많고 탄식도 많아 몸을 던지는 너
색시를 가까이하지 못해 수없이 되뇌고
개집 서까래에서 사람을 떠올리느냐
그 울음소리는 마침내 어두운 곳에 빛을 부르니
방칫돌에 머물며 책을 몇 권이나 읽었느냐

적막한 고요를 깨는 벌레 울음소리가 있다.

해는 떨어져 스산한데 울음소리인지 노랫소리인지 시조 읊는 장단에 맞추어 합창을 한다. 글 읽는 소리로도 들리고 사연이 많아 생을 포기하려는 모습으로도 보인다. 휘영청 달빛이 유난히 밝으면 이것들은 힘을 내어 소리를 더 높이니 밝은 달을 보며 시를 읊던 시객은 귀뚜라미에게 묻는다.

너희들은 책을 얼마나 읽었느냐고….

귀뚜라미가 울어대는데 글 읽는 소리를 연상하고 뛰어내리는 모습을 보고 색시에게 버림받아 몸을 던지느냐고 하는 시상은 시객이기에 가능한 것이다.

지금처럼 볼거리 즐길 거리가 많으면 하찮은 벌레를 보고 시상을 떠올릴까만 옛날 농경 시대에 산촌의 풍경이야 적막강산이 아니던가. 등잔불 석유 한 방울도 절약하던 그 시절에 어둡기 전에 저녁 먹고 해 떨어지면 유난히 밝게 비춰주는 달빛에 바깥마당 툇마루에서 경전을 외우고 놀이도 하던 그때의 가을…

농업이 주업이던 옛날에는 농사를 마무리하는 가을은 오곡을 거두고 백과를 들이니 너 나 없이 모두가 흥겨웁고 또 할 일이 많다.

天高馬肥의 계절이라 하늘은 높고 먹을거리 풍성하니 말도 살이 찐다 하고

燈火可親의 계절이라 짧아진 해 추워지는 날씨에 등불도 화롯불도 가까이 글 읽기에 좋은 계절이라니 이제는 어울리지 않는 옛날의 故事成語일 뿐이고 보릿고개 무렵부터 가을로 미루어 놓은 일 정해놓은 행사도 있으니 겨울을 넘기려면 산 풀을 깎아 말려 놓았던 땔감도 쌓아 놓아야 하고 이른 봄부터 힘든 일 마다않고 묵묵히 일년 농사를 마무리한 한 가족 소 겨울 먹이도 마련해야 한다. 행사처럼 매년 벌이는 김장 담그기는 온 마을 이웃들이 함께 돕는 년 중 대사이고 행사 중의 행사는 단연 타작이다.

서리가 하얗게 내린 바깥마당 가에 쌓아놓은 볏가리를 허물어 새벽부터 밤늦도록 털어낸 벼를 사랑채 토광에 채우는 일년중 가장 큰 행사요 일 년 농사의 마지막 잔치이니 어찌 흥겹지 않을까. 흥을 돋우고 힘을 내게 하는 데는 예나 지금이나 대접에 넘쳐나는 막걸리가 제일이다.

댕기 길게 내린 규수가 바쁘게 새참 심부름하는 것을 보시고

사랑방 어르신네께서 시 한 수 지으셨다 .

3. 영 노처녀詠老處女

最惜光陰水共流
懷春猶怍況悲秋
父兮戒重三從有
母氏心盟百福求
自幼常憎梅柳態
及長可耐月花愁
阿娘情地桃夭晩
對鏡幾時意轉悠

밝거나 어둡거나 물 흐르는 것은 한가지이듯
봄을 품어 부끄럽고 가을이라 슬프겠는가
아비가 가르치기를 삼종지도가 있다 하고
백복을 간절히 구원함이 어미의 마음이라
어려서는 매화 버들의 자태를 미워했으나
성장하여서는 월화의 수심을 감추었구나
낭자의 정이 늦게나마 복사꽃의 모습이니
거울을 대하다 보면 멀리서 소식이 들어오리라

처녀의 마음을 읽고 이해하셨나 보다.

물오른 봄에는 화기도 도니 색깔도 고울 것이나 가을이라고 떨어지는 잎새 보고 머리 숙이겠느냐… 부모의 마음은 지극한 것이라서 아비는 딸이 출가하게 되면 지켜야 할 七去之惡[11]과 三從之道[12]를 일러주고 어미는 그저 사랑 많이 받고 행복하기를 바라며 꼭 아들을 낳아 그 집안에 대를 잇게 해주는 것이 제일 큰 소임이라고 속삭여 준다.

성숙한 모습이 복사꽃처럼 화사하니 머지않아 소식이 들어올 것이라고…….

가정의 대사 중 대사가 혼사이다. 멀리 가까이 일가친척은 물론이고 이웃 고을 친구들에게 인편으로 소식을 알린다.

하객 중의 진객은 사돈이다. 또 혼사에 빠지지 않고 축하해 주는 것이 당연한 인사라 몇백 리 밖에서라도 행차해서 사랑에 드는데 사랑이 없는 집에서는 이웃집 사랑방을 빌려 사돈을 모신다.

사위네 며느리네 누님네 동생네 고모네 모두가 사돈이다.

형제자매도 많고 아들딸도 많은 시절이니 자연히 사돈도 많다.

사랑방이 하나로는 모자라 이웃 사랑방에 모시면 음식 나르는 젊은이들은 교자상 마주 들고 주전자 들고 정신없이 바쁘다.

며칠 전부터 음식 장만하고 차려주는 동네 아주머니들은 즐거운 비명이다. 잔치의 희생물은 여름내 거두어 먹인 불쌍한 돼지….

하객이 많다 보면 애매하게 이웃집 돼지까지 피해를 당한다.

안마당 바깥마당 볏가리가 있던 텃밭까지 채일을 몇 개씩 치고 온 마을 사람들 각자 일을 나누어 멀리서 오신 손님을 치르는 이 행사가 최고 즐거운 안 마을 바깥 마을 모두의 잔치다.

---

11) 不順 無子 淫行 嫉嫡 惡疾 口舌 盜竊

12) 여자가 어릴 때는 父母를 출가해서는 男便을 노후에는 子息을 따라야 한다는 道德律

수확이 끝난 가을에나 벌어지는 옛날의 진풍경이다.

4. 영 노총각詠老總角

荇菜參差左右流
斯人福履綏之秋
元來有室三綱始
然後齊家萬事求
百輛親迎將擇吉
兩堂供饋暫關愁
男兒本色天然重
中夜無端轉轉悠

계절의 변화가 좌우로 어긋난다 해도
이 사람 올가을엔 가죽신[13] 신겠다
원래 가정이란 삼강[14]으로 비롯하는 것이니
수신제가 이후에 만사를 구하는 것이다
길일을 택해서 많은 손을 맞이하고
양가에 음식 나누어 먹으며 시름을 잊거라
남자의 본색은 무직해야 하는 것이다

13) 초례청에서 신는 신발

14) 三綱: 君爲臣綱, 夫爲婦綱, 父爲子綱

밤이 되면 아득한 흐름이 끝이 없으리라

총각을 보고 올가을에는 장가가겠다고 생각하셨나 보다.

장가는 출가와 또 다르니 사후에 지켜야 할 도리도 언급하시고 좋은 날을 택해서 잔치하라신다. 남자는 남자로서의 품위도 있는 것이라 하시고 혼인의 즐거움도 비유로 나타내셨다.

老處女와 같이 일하는 총각을 보고 지으신 제목 老總角이다. 같은 韻으로 처녀 총각을 칭송하신 시로 전무후무한 명시이다.

가을이 풍성하다는 말은 보릿고개를 넘기며 오로지 육신의 노력과 하늘의 조화로 결실을 이루는 옛날의 가을을 이르는 말이다. 과학영농으로 사철 수확을 하는 이 시대에 어디 가을만 풍성한가.

단풍 여행이란 관광이란 용어조차 없었던 그 시절의 가을….

옛날의 가을을 그려보고 그 시절로 돌아가고 싶게 하는 4편의 시 〈가을의 노래〉다.

秩序整然組閣成
此生復見舊聲名
億十文章兼李杜
百千智略勝良平
士女同心依法令
將兵咸集是干城
煌煌大筆題青史
家國相傳萬代榮

성공적으로 질서정연하게 내각을 이루었소
사노라니 옛사람의 이름을 다시 듣게 되네
이 박사는 엄청난 지식과 지혜를 갖추었으니
헤아릴 수 없는 지략으로 평화를 이룰 것이요
온 백성이 한마음으로 법을 따르고
장병들이 모여드니 이것이 간성이로다
큰 업적으로 청사에 길이길이 빛날 것이고
국가의 영화가 만대에 전해질 것이요

우리나라가 일제에서 벗어나 미소공동위원회, 미군정을 거쳐 대한민국이라는 국호를 세운 지 70여 년이 되었으나 국가의 정통성을 이어오지 못하고 파란만장한 혼란 속에서 나라를 위해 몸 바친 선열들의 자취조차 관심 없이 잊혀 가는 현세를 살아가는 우리들에게 또 후배들에게 어렵게 살다 가신 선열들의 혼신의 얼을 조금이라도 되새겨 보자는 의미일 뿐이다.

대한민국의 건국 대통령 초대 대통령 이승만 박사를 현세를 사는 우리들은 얼마나 알고 있을까?

위키백과를 빌어 간략하게 깨우쳐 보려 한다.

이승만은 1875년 황해도 평산에서 태어났다 양녕 대군의 16대손으로 왕손이다.

일찍이 서울로 이사해 도동에서 한학을 공부하고 과거제도가 폐지되어 배재학당에 입학하였고 학당 내 청년단체인 협성회 주간신문 주필을 맡아 활동하였으며 독립협회 매일신문 제국신문을 창간해 주필을 맡았으며 중추원 의관으로 임명되기도 했다

1899년 박영효와 관련된 고종황제 폐위사건에 연루되어 한성 감옥에 투옥되어 탈옥을 시도하다 종신형을 받았으나 1904년 특별사면령으로 출옥하였다.

옥중에서 청일전기 번역 독립정신 저술 신 영한사전을 편찬하였으며 민영환 한규설의 주선으로 한국의 독립을 청원하기 위해 미국으로 건너가 조지 워싱턴 대 하버드 대를 거쳐 프린스턴 대학에서 박사 학위를 받았다.

종교 활동 정치활동을 하다 1910년 귀국하였으나 일제의 압력을 피해 다시 도피하여 1945년 귀국할 때까지 계속 미국에서 활동하였다.

1898년 독립협회 및 만민공동회 활동

1905년 러 일 강화협상

1919년 파리 강화회의

1919-25년 대한민국 임시정부 임시 대통령

1919년 구미위원부 설립

1919년 임시정부 외무총장 국무총리 한성임시정부 집정관 총재

1921년 대한동지회 결성

1921년-1922년 워싱턴군축회의

1933년 제네바 국제연맹 한국독립 전권대사

1941년-45년 주미 외교위원부 위원장

1942년 미국의 소리 대한독립 대 일본방송 미국 전략국과 임시정부 광복군 합동작전 활동

1945년 샌프란시스코 회의

귀국 후 독립촉성중앙협의회 결성하여 총재로 추대되었으나 강력한 반공주의로 인해 조선공산당 한국 민주당 등 좌익단체가 조직에서 탈퇴하였다.

1946년 미소공동위원회 러시아와의 타협에 반대 활동 후 1947년 귀국

1948년 유엔 감시하에서 총선 동대문구에서 당선 국회의장 추대. 국회에서 초대 대통령으로 선출 7월 24일 취임. 대한민국 정부 유엔으로부터 승인

농지개혁 북진통일 공군창설지시

1950년 6.25 사변 발발 공산주의자의 전향촉구 공표 반공포로 석방. 미국의 절대적 지원 유엔의 적극적인 참전으로 대한민국을 지키다

1952년 직선제 개헌 제2대 대통령 당선, 미국의 정전협정 추진 반대 반공포로 석방

1953년 한미상호방위조약 체결 한미합의 의사록

1956년 제3대 대통령

평생을 국가를 위해 대내외에서 불철주야 헌신해 대한민국 국호를 유엔에서 승인을 받아 나라를 세웠지만 결국에는 주위를 둘러싼 참모진들의 장막에 가려 보지 못하고 듣지 못하는 失政으로 4.19를 맞아 실각하여 안타까운 종말을 맞았다.

그러나 우리가 살고 있는 대한민국은 그때 그분들의 뼈아픈 노력이 있어 탄생했음을 잊어서는 안 된다.

어느 나라에든 국부가 있다. 그러나 대한민국에는 국부가 없다.

왜 그럴까 한마음이 되면 국부를 추대할 수 있을까 .

안타까운 일이 아닐 수 없다.

같은 시대에 사셨던 龜河옹은 이승만이 돌아와 혼란한 나라를 추스르고 국가의 틀을 마련하자 축하의 시를 지어 남기셨다.

소수서원, 45*30

소수서원

경상북도 영주시 순흥면에 위치한 서원이다. 1541년 풍기군수로 부임한 주세붕周世鵬이 이곳 출신 유학자 안향을 배향하기 위해 사묘祠廟를 설립하고 유생교육을 위해 백운동 서원을 설립한 곳이다. 1548년에 풍기군수로 부임한 이황李滉의 요청으로 1550년 소수서원紹修書院이라 사액되었다. 인조 11년 주세붕을 추가배향 하였으며 1963년 사적으로 지정되고 2019년에 유네스코 세계유산에 등재되었다. 국보 안향초상 보물 주세붕 초상이 소장되어 있다. 소수서원 이웃에 최근에 선비촌이 조성되었다.

선비촌은 조선 시대 선비문화를 체험할 수 있는 민속 마을로 전통 한옥 등 민속시설이 갖추어져 있다.

노기老妓

多恨青樓獨步君
能於接物又能文
曾年玉骨如花月
幾夜金文夢雨雲
今焉爾我嗟皆老
昔也歌琴試更聞
風情尙有心尤切
不惜短長隨意云

청루에 한이 많이 쌓인 독보적인 존재요
세상 물정도 능하지만 글에도 뛰어나고
예전엔 그 모습이 꽃 같고 달 같았지
수많은 밤 비바람을 얼마나 견뎠는가
이제 자네나 나나 다 늙어 서글픈데
노랫소리 가야금 소리나 다시 들어보세
실린 정 잊지 못해 더욱 마음 애절하나
어쩌랴 다하지 못한 애석한
마음 뜻대로 따를 수밖에…….

朝鮮末 最高의 美人으로 이름을 날렸던 妓生 張蓮紅은 京城의 名文

家 出身이나 家門의 沒落으로 14세에 平壤 妓生학교에 들어가고 이후 漢陽에서 妓生으로 生活 하다가 遊學을 떠난후에 소식이 끊어졌다.

많은 사내들의 戀心을 사로잡았던 張蓮紅은 어디로 갔을까.

왜 消息이 杜絶됐을까. 推測해 보면 妓生身分으로 絶世美人이기에 原因이 되었을 것 같기도 하다.

이어 平壤券番 出身 玄梅紅 김옥엽이 漢城券番에서 이름을 날렸는데 歌詞와 時調에 能하여 장안 最高의 人氣를 누린 妓生이었다.

이렇게 사내들의 戀心을 사로잡던 券番의 기생들 妓生壽命은 30이라는 속된 말대로 그 나이가 되면 退妓가 되었을까?

當時 女子의 結婚年齡을 보면 15세 前後에 結婚하고 자식을 낳으면 그 자식이 15세 前後에 다시 婚事를 이루어 30이면 孫을 보게 되니 할머니 아닌 할머니 나이가 되어 15~20세 꽃다운 아이들에 밀려 退役 아닌 退役이 되었나 보다.

券番에서 밀려 나오게 되면 장안의 隱密한 酒店에서 내로라하는 장안의 젊은 선비들을 사로잡고 人生의 참맛을 알 할머니 아닌 그 나이에 當時의 嚴格했던 女子의 行動에 制約을 받지 않고 자유로운 戀愛로 閑良들을 울렸던 妓生.

平生을 찾아주지 않는 한 사람을 기다리며 아까운 삶으로 밤마다 몸부림치던 궂은 宮闕의 마마보다 더 인간답게 살았던 妓生이라는 여자.

어느 선비가 한 妓生을 사랑하고 깊은 情을 나누었던 애틋한 마음을 그린 詩다.

龜河 先生은 靑年期를 漢陽에 드나들며 風流를 즐기고 科擧에도 꿈을 두었으나 失期하고 20대 초에 日帝의 侵掠을 맞는다.

모든 生活이 바뀌니 開化하여 지역에서 남보다 먼저 머리를 자르고 中折帽를 썼으며 自轉車를 제일 먼저 타고 다녔다고 한다.

아무 일 없이 平生을 漢陽을 드나들었으니 어찌 情을 나누는 妓生 하나 두지 않았으리오.

先代에서 물려주신 門前沃畓은 歲月이 갈수록 줄어들고 恨이 많은 妓生에게서 우러나는 濃익은 情에 醉하지 않을 이 없을 것이요 그 情을 가슴에 담아두고 漢陽길은 더욱 잦았을 것이다.

애잔한 感情을 느끼며 꽃처럼 달처럼 아름답던 모습이 같이 늙어가는 것을 마음 안타까워했으니 그 세월이 얼마인가.

그 기생이 玄梅紅이랴 김옥엽이랴 아니 누구인들………

그렇게도 정을 주고 마음을 빼앗겼던 戀人이건만 아껴주지 못하고 헤어져야 하는 哀惜한 마음을 어찌하겠는가.

그 哀切한 속 마음이 이 詩에 담겨 있다.

유성기留聲機

木爲粧匣局爲鳥
善謨千像又謨狐
文章去矣歌黃鶴
才子能乎唱白鷗
忽出淸音凰也鳳
疾回圓板蠶非蛛
號爾留聲誰有作
果形人語勝於猴

나무로 된 잘생긴 상자가 새를 닮았구나
뛰어난 꾀도 그렇거니와 천상 여우일세
문장은 황학의 노래보다 앞서고
재주는 백구의 창을 능가하는 도다
홀연히 나는 맑은소리는 봉황이더냐
바쁘게 돌아가는 원판은 누에냐 아니 거미냐
네 이름 유성기란 것 누가 만들었는지
사람의 말을 내는 모양이 원숭이보다 낫다

해방이 되기 전 京城 和新百貨店 樂器部에서 오—케이 레코드 사 남인수의 "꼬집힌 풋사랑", 김정구의 "櫻花暴風" 등이 실려 있는 音盤廣告

와 함께 最優秀 國産 蓄音機라는 廣告傳單이 뿌려졌다.

蓄音機, 글자 그대로 하면 소리가 쌓여 있는 기계이고 留聲機하면 소리가 머물러 있는 기계라 할 것이니 어떻게 이름 하여도 그게 그것인 것은 별 차이가 없겠다.

和新百貨店에서 광고한 蓄音機는 손으로 태엽을 감아 돌리는 것이었지만 시대의 변천을 느낄 수 있는 획기적인 물건으로 장안의 화제였을 것이고 流行歌라 천히 여기고 정자에 모여앉아 무릎 치며 시조나 읊으시던 반가의 선비들이 세상의 변하는 모습을 보고 시절의 진화를 느꼈을 것이다.

어떻게 나무상자 속에서 사람 소리가 날까.

제비표 조선레코드판에서 흘러나오는 윤심덕의 사의 찬미, 방긋 웃는 월계꽃도 이난영의 간드러진 노랫소리도 들었을 것이고 남인수의 간장을 녹이는 '꼬집힌 풋사랑'도 들으며 이것이 새냐 여우냐~~~~

자연의 섭리로 살아온 선비의 눈에는 요물로도 보였을 것이고 누에에서 실이 한없이 이어져 나오듯 거미의 꽁무니에서 실이 끝없이 뽑아져 나오듯 돌아가며 노랫소리가 이어져 나오니 비록 상자로 생긴 기계이지만 말 못하는 원숭이보다 낫다고 감탄을….

1907년 처음으로 음반이 발매되고 4—5년 뒤 일본이 국내에서 축음기 상회 콜롬비아 빅타가 약 15년가량 성장하면서 전성을 이루며 이 시기에 맞추어 기생들의 노래로 음반이 제작되어 소위 말하는 유행가가 유행하였다.

1928년 콜롬비아 레코드사에서 발매한 유성기 음반, 가야금 병창 이일선의 이팔청춘가, 평양기생 왕수복의 고도의 정한, 김연월의 푸른 하늘. 최명주의 임자 없는 꽃등….

비슷한 시기에 SP용 턴테이블과 와이어 레코드플레이어가 미국에서 개발되었는데 가느다란 철삿줄에 녹음을 하고 재생하는 留聲機였으니 아마도 이것을 보시고 신기해서 감탄의 시를 남기신 것 같다.

조선시대에 태어나 일제강점기를 살면서 나라에서 보지도 못하던 새로운 문화를 접하는 선비의 눈에는 모든 것이 새로웠을 것이다.

그러면 지금은 어떤가.

새로운 기술은 한없이 발전하고 기능이 향상된 신제품이 꼬리를 물고 개발되는 시대. 첨단 제품을 아무 감응도 없이 사용하고 있는 우리들은 첨단에 사로잡힌 것인가?

너나 할 것 없이 감각이 없는 것일 게다.

한참 훗날의 이야기이지만 우리에게 어울리는 정감 어린 이름 별표 전축 독수리표 전축등이 양산되어 우리의 음악 세계를 풍만하게 해주던 시절이 있었는데 지금은 잊혀 가는 시대의 뒤안길이 되었다

덧붙여 라디오 역사도 들춰 보면 이전의 외국산은 차치하고 1959년 이후 60년대 들면서 국산품 금성 트랜지스터라디오가 양산되어 귀했던 유성기의 소리를 라디오 전파를 통해 방방곡곡에서 들을 수 있게 되었고 라디오가 확산되기 이전 농촌 지역에서는 소위 유선방송으로 스피커에서 나오는 소리만 들을 수 있는 선택의 여지가 없는 장치이나 서울 중앙방송국의 전파를 접할 수 있었다.

저녁이면 유선방송 스피커가 있는 집으로 동네 처녀총각들이 모여서 성우들의 진지한 연속방송극에 숨을 죽이며 빠져들었고 흘러나오는 노래를 배워 부르며 막연히 동경하던 서울로 단봇짐을 싸서 야간열차로 무작정 상경했던 꽃분이 금순이 어디에서 무엇을 했는지 일 년 뒤 돌아

온 금순이는 하얗게 핀 얼굴에 분 바르고 새빨갛게 입술연지(당시의 표현은 굿지베니)바르고 동네 사람들 수군거리는 줄 모르고 서울 물 먹고 온 티 내며 동네 처녀총각들 바람 들게 하던 그 시절… 살기 어렵고 라디오도 귀해서 살 수 없었던 70년 전의 이야기다. 留聲機로부터 이어진 대중가요가 우리 가슴속에 얼마나 큰 영향을 끼쳤는지 그 기술은 지금 어디까지 와 있는가.

여우를 닮았다는 그 나무상자에서나 듣던 노랫소리는 이제는 그 나무상자가 아닌 신기술 개발로 생산되는 새로운 기기로 언제 어디서든 들을 수 있다. 옷 주머니 속 작은 손전화기에 유성기가 들어있고 녹음기가 들어있고 텔레비전이 들어있고 컴퓨터도 카메라도 들어 있고 백과사전이 들어있고 심지어 메모장도 들어 있다.

기술의 발달이 가히 隔世之感이다.

高宗 때 외국인 선교사가 축음기를 처음 갖고 들어온 뒤 화신백화점에서 음반과 함께 국산품 광고가 나오기까지 그 성능이야 미비했지만 사람 소리 랑랑 하게 울려 나오는 留聲機를 보고 그 느낌을 詩로 남기신 분의 感性을 지금 우리는 헤아려 느낄 수 있다.

유성기에서 흘러나오는 옛 레코드 노랫소리는 직접 듣기 어려워졌지만 메마른 감성을 여유롭게 즐기며 음악과 詩의 세계를 더듬어 보는 삶. 삶이 은은한 정을 나눌 수 있는 인간관계가 되었으면 하는 바람이다.

마작麻雀

마작의 기원은 명나라 말기에 성행한 마조패가 변한 것으로 돈에 관한 패라는 것이다. 마조는 殷나라 紂王이전에 博戲라는것이 있었는데 六博이라고도 하고 육박은 여섯 개의 箸와 12개의 碁子로 되어 있는데 저는 대나무로 만든 것이며 요즘의 투자와 비슷한 것이었다.

시대 따라 변형 변모를 거듭한 놀이기구 마작은 상이나 탁자에 마주 앉아 지혜를 겨루는데 패의 조합은 무궁무진하고 이것이 곧 마작의 즐거움이요 지금까지 사랑받는 이유일 것이다.

옛날 중국 땅에서 시작된 이 놀이는 아시아 전 지역에서 성행하였고 구미까지 퍼져나갔으니 중국은 곧 마작 수출국인데 수출한 마작에는 아라비아 숫자와 알파벳을 넣었고 놀이 방법을 설명하는 책까지 함께 발행하여 인기가 좋았다고 한다.

중국에서는 본토에서 발전한 놀이인 만큼 마작을 즐기는 인구가 수억이 된다고 하며 특히 일본은 마작을 즐기는 인구가 많을 뿐 아니라 전국 및 세계 규모의 마작대회도 연다고 한다.

우리나라에서도 예로부터 지금까지 이어오면서 많은 사람들이 마작을 즐기니 선인의 유지를 이어가는 것이라고 보아야 할까?

서방에서는 동방의 정취가 있는 골동품으로 정교하게 조각된 마작패는 수집가들의 수집 대상이 된다고 한다.

立立軍兵行伍齊
四番快得價非低
一局風雲隨手起
雙枝梅竹可雀棲
方定東西賭滿貫
花稱蘭菊畵名題
大叫壯元那裡去
二重戰墨築如堤

군사들이 다섯 행렬로 서서 집을 지키나
네 번을 기분 좋게 이겼는데 하지만 돈은 안 되네
대국마다 손을 따라 바람이 일어나는 것 같고
매죽 쌍 가지에는 참새가 깃들 만하다
내기에는 동서로 방법이 짜여 정해져 있고
그림의 명제에는 난과 국화가 으뜸이지
크게 장원을 했다고 추슬러 갈 수는 없는 것
이중전략은 꼭 제방 쌓는 것과 같은 이치일세

"麻雀"이라는 제목의 시다.

선비들이 사랑방에 모여 한가로운 내기를 하시나 보다.

기분 좋게 연승을 하신들 도박성이 없는 내기이니 들어오는 돈이 얼마나 되겠는가…. 겨루다가 느낌으로 詩想이 떠오르면 一筆揮之하고 큰 소리로 읊으면 되는 것을……. 마주 겨루던 어르신네께서 對句로 한 수 읊으시면 무릎을 치며 "좋~고~", 해 떨어지는 줄도 모르고 겨루다가 다음날까지 묵으며 읊으시던 그 어르신네가 남기신 시 한 수가 시대의 그림으로 龜河集에 남아 있다.

對句란 시를 하시는 분들이 둘러앉아 어느 한 분이 시 한 구절 읊으면 다른 한 분이 즉시 이어받아 문장을 만들어 읊어 한수를 완성하는 것이다.

요즘 흔히 쓰는 말대꾸라는 어휘는 바로 여기서 비롯된 것이다.

시처럼 아름다운 내용이 있는 對句는 아니지만 어떤 직언에 즉시 응답이 나오는 말. 이것이 곧 詩 對句가 아닌 말대꾸이다.

비슷한 놀이로 骨牌가 있다.

마작과 같이 테이블에 마주 앉아 하는 오락기구로 그 재료가 뼈를 깎아 사용하는 데서 유래하나 뼈로만 만든 것은 민패라 하고 뒷면에 대나무 쪽을 부친 것은 사모패라 하며 중국에서는 상아로 만든 것을 아패라고 했다.

골패놀이의 기원도 중국 송나라 때 생겨났다고 전해지니 그것으로 보면 우리나라는 고려시대에 들어왔을까?

조선시대 학자 李圭景의 五洲衍文長箋散稿(오주연문장전산고)에도 우리나라 골패에 소골 미골이라는 이름이 있다는 기록이 있는데 한맥문학 3월호에도 飛行機라는 제목으로 飛車에 대한 설명에 五洲衍文長箋散稿를 올린 적이 있다.

실학자 丁若鏞 선생도 牧民心書에서 투전과 골패를 합하여 馬弔江牌라는 연구가 있으니 골패는 우리나라에서 신분 여하를 불문하고 많은 인구가 즐겼던 것으로 보인다.

그러나 오래전부터 널리 퍼져 많은 사람들이 즐기던 이 놀이가 계속

이어지지 못한 것은 내기가 강조되면서 도박으로만 인식되어서가 아닐까….

그렇지만 우리의 골패는 놀이 방법이 간단하여 누구나 쉽게 또 휴대하기 간편하여 시간과 장소에 구애받지 않고 즐기던 놀이이다.

18세기 중엽에 중국을 왕래하던 베네치아 상인들에 의해서 이탈리아에도 소개되고 유럽지역에 널리 퍼져 다양한 개발로 건전하고 유익한 놀이로 정착되어 지금도 많은 가정에서 유사한 놀이로 즐기고 있다고 한다.

우리나라 국민은 고려 이전 삼국시대에도 기구를 이용한 놀이를 즐겼을 것이다. 어떤 놀이 어떤 경기에도 내기를 거는 것이 흥미가 있고 겨루는 데 집중할 수 있고 그 내기가 어떤 것이든 이기려고 최선을 다하기 때문이다.

60년대 이전까지만 해도 선비들의 사랑방 문화에는 시를 짓고 읊는 외에 마작 골패가 즐거운 오락이요 내기로 시간 가는 줄 모르시던 우리의 선인들이셨다.

우리 국민성은 아마도 선대로부터 내기 기질을 이어받았나 보다.

요즈음 유행어 중에 느낌이 와닿는 말이 있으니 우리는 "고스톱 공화국에 살고 있다"는 말이다. 언제 어디서든지 몇 사람만 모이면 판을 벌이고 모이기 전에 이미 계획되어 있으니 그런 말이 과히 틀리지 않다고 생각도 된다.

규칙을 정하기는 어떤 사람들이냐에 따라 다르고 지역에 따라 다르고 벌리는 성격에 따라 다르니 내기라고 하기에는 너무 착하고 도박이라고 해야 맞을 것이다.

인터넷이 발달하면서 모니터 앞에 앉아서 보이지도 않는 상대와 게

임을 한다. 그것도 도박이다. 내 수중에 들어오는 돈이 얼마나 되는지 알 수도 없는데 거기에 집중해서 투전을 한다. 시간 가는 줄 모르고….

후대에는 48장의 마력이 어떻게 나타날지 모를 일이다.

花鬪는 일본문화의 축소판이다. 정작 화투 48장의 실체에 대해서 제대로 아는 사람은 드물 것이다. 월별로 나열하자면

1월 소나무 2월 매화와 꾀꼬리 3월 벚꽃과 휘장 4월 등나무 5월 제비붓꽃 6월 모란과 나비 7월 홍싸리와 멧돼지 8월의 보름달 9월 국화와 술잔 10월의 단풍과 사슴 11월 오동잎과 상상의 동물 봉황 12월 개구리와 서예가 '오노도후.

월별의 명칭에 또 그림에 월별 행사와 축제 일본 고유의 세시풍속과 풍습 기원 의식 교육적인 교훈 같은 다양한 의미가 담겨 있는 것이다.

이제 그들이 전해준 방식을 뒤로하고 지금은 거의 우리나라의 정황에 맞는 방식으로 그때그때 상황에 따라 규칙을 정해서 한다.

19세기 말 부산과 시모노세키를 오가던 뱃사람들에 의해 한국에 유입되면서 화투라고 불리게 되었는데 그들은 花札이라고 한다.

화투가 들어오기 전 조선에서는 숫자가 적힌 牌를 뽑아 겨루는 數鬪라는 놀이가 성행했었는데 화찰과 수투가 조합이 되어 화투가 되었다 하고 이 화투에 밀려 수투는 사라졌다고 하니 예나 지금이나 꽃을 좋아하는 心性?은 같았나 보다.

화투는 놀이방식이 다양하다.

혼자서 심심풀이로 할 수 있는 "재수보기" "운수떼기"도 있고. 두서너 명이 같이 할 수 있는 "六百", 갑오六百라는 게임도 있었는데 이제는 사라졌고 여럿이서 같이 재미로 즐기던 "나이롱뽕", "월남뽕"은 이제 그 방식조차 잊혔다.

1에서 10까지의 피 20장만 가려서 두 장씩으로 겨루는 "섰다" 또 "구삐" 다섯 장으로 수를 겨루는 "도리짓고땡"은 패가망신하는 도박의 함수로 예전에는 많은 어리석은 사람들이 회한의 눈물을 흘렸고 요즈음도 가끔 신문 방송으로 접한다.

전쟁 이후 우리나라는 식량부족으로 전 국민이 기근을 면키 어려웠는데도 농촌에서는 추수가 끝난 겨울이 되면 농민들이 화투노름으로 빚을 지게 되고 거기에 여유 있는 사람이 노름빚을 갚아주고 땅을 빼앗고 쌀값으로 빌려준 돈을 높은 이자를 쳐서 쌀로 받는 불합리한 변태가 성행하였었다.

오락이 도를 넘어 도박으로 발전한 것이다.

선인들이 사랑방에서 주막에서 느티나무 아래서 悠悠自適 즐기던 마작 골패놀이를 유전자를 이어받은 현세대는 호텔에서 사무실에서 오락실에서 또 도시의 노인정에서 농촌의 노인들은 마을회관에서 전문가(?)들은 하우스(전용방)에서 화투나 카드로 더욱 진화한 방법으로 현실에 맞게 어울리고 있다.

남녀노소 신분 여하를 불문하고 시간도 장소도 개의치 않으니 가히 고스톱 공화국이라는 별칭이 諷刺될 만하다.

전 세계적으로 도박의 종류와 형태는 헤아릴 수 없이 많다.

그중 우리나라에도 공인된 도박이 있으니 競馬, 競輪, 競艇 등…. 競馬는 영어권 국가에서 성행하는 공인된 도박으로 우리나라에도 오래전 도입이 되었는데 직접 경마장에 나가 베팅(betting)을 하지만 전국에 설치되어 있는 중계 스크린을 보며 도심에서 게임에 올인하는 수가 더 많다.

또 하나는 카지노(Casino)다. 허가된 카지노는 외국인 관광객을 유치하는 것으로 알고 있지만 규정만으로 유지되기는 語不成說이고 매스컴(Masscom)으로 아는 사실은 내국인이 월등히 많다고 하는데 상황은 어떤지….

이상한 것은 그 지역에 도심에서 사라진 典當鋪가 여러 곳 있다고 하던데 이것은 무엇을 의미하는 것일까?

카지노는 유럽이나 미국지역이 다른 특성이 있다고 한다. 우리나라에서도 슬롯머신(Slotmachine)이나 카드(Card)는 대중적인 것이고 귀에 익은 포커(poker) 바카라(baccra) 블랙잭(blackjack) 룰렛(Roulette) 등 가장 많이 즐기는 놀이이다.

또 하나는 福券이다. 인기에 편승하여 나타난 여러 종류의 福券도 역시 돈을 거는 것이기 때문에 일종의 투전이다.

복권판매액은 상상을 초월한다. 과열을 진정하기 위해 사행감독위에서 판매 중단을 권고할 정도이니 많은 국민들이 집중하고 있다는 증거 아닌가?

요즈음 大舶 이라는 단어가 유행이다.

국가 최고지도자의 大舶은 국가에 무한한 이득이 돌아오는 것을 표현한 것이지만 서민의 대박은 내 手中에 큰돈이 들어오는 것이니 대박을 맞으려면 복권이 1등에 당첨되든지 경마에 복연승을 찍든가 카지노에서 잭팟(Jackpot)을 터트려야 할 터인데 이룰 수 없는 일이지만 꿈이라도 가져 보려면 이것도 모두 해봐야 하지 않겠나?

놀이를 즐기고 도박에 취하는 것은 東西古今을 막론하고 인간의 공통된 유전인가 보다.

온 가족이 모여 즐기는 놀이는 어느 가정에서나 화목 화합의 원동력이다.

기대감에 부푸는 민족 고유의 명절은 올해도 어김없이 마을 어귀에 와 있다. 동구 나무 아래 마을 어른들 모두 모여 가마니 깔고 막걸리 홍에 목청 높이는 윷놀이가 가장 건전한 게임인 것을…………

목침木枕

方以高低一規通
品雖有異模形同
寢處其何分貴賤
醒來等棄各西東
斑絲繡出完如鳳
彫木中虛能引風
槐根誰是戲蝴蝶
醉臥遊仙酒力豊

높고 낮고 모난 것이 모두 하나로 통해
품질은 비록 다른 것이 있으나 모양은 다 같다
잠자는 곳에 그 어찌 귀천을 나누겠는가
어떤 사람이나 동이건 서건 다 각각인 것을
어우러진 수에서는 새가 날아 나올 것 같고
나무로 가운데 비게 만든 것은 시원하기 위함이다
괴목 뿌리 나비의 희롱을 즐기는 이 누구냐
취해 누워서 신선과 노니니 술기운이 넘친다

木枕은 나무로 만든 베개로 사랑방이나 여인숙에서 주막에서
널리 애용되던 물건이다. 사대부들이 사랑방에서 항상 곁에 두고 낮

잠을 즐길 때 썼으며 그 모양은 거의 같다.

통나무를 잘라서 직육면체로 다듬은 것 나무토막을 잘라 놓은 듯 둥근 모양도 있고 재질에 따라 다른 종류도 있는데 우리 선조들께서 얼마나 다양하게 생활 도구를 이용했는지 알 수 있다.

주로 나무를 이용해서 여러 가지 모양으로 만들어 기능적으로 이용하였고 도자기로 만들어 화조문을 그려 넣기도 하고 볏짚으로 단단하게 만들어 면으로 싸서 예쁜 베갯모로 양막음한 골침이라고 하는 것도 있다. 푹신함이 좋은 베개이다.

木枕과 같이 退枕이라고 하기도 하는데 약간의 구별이 있다.

목침은 사각 육면체나 둥근 통나무로 된 것도 있고 자연 모양대로 생긴 것도 있다.

괴목 뿌리나 대추나무같이 결이 단단하고 자연 무늬가 좋은 것이 최고의 품질로 치지 않았을까.

퇴침은 사각 상자 모양으로 만들어 살구씨 같은 것을 넣어 옮길 때마다 소리가 나게 만든 것인데 이것은 육면체 상자를 비단으로 예쁘게 싸고 꽃이나 새 등 여러 가지 모양의 수를 놓은 베갯모. 지금은 작품이라고 할만한 정성을 들인 물건이다.

암수나비가 수놓아진 것은 蝴蝶枕, 鳳凰이 수놓아진 九鳳枕, 원앙이 수놓아진 鴛鴦枕 등 베갯모에 따라 호칭하기도 하며 주로 수는 십장생으로 장수를 비는 마음이 가득 담긴 선인들의 생활 도구이다.

壽福 康寧 富貴 多男 그중에 많이 놓은 수는 원앙이 아니었을까? 잠자리에 사용하는 도구에 부부의 금슬이 제일이었을 테니까….

또 퇴침에다 서랍을 여닫게 만들기도 했는데 내실에서 여성이 사용하는 퇴침 서랍에는 여성의 소품으로 머리를 장식하는 꽃이나 빗 비녀 같은 것을 넣어두었으며 사랑방에서 사용하는 퇴침에는 주로 방향성 약재 같은 것을 넣고 썼다.

또 얇은 판으로 바람이 통하게 만든 風枕도 있고 대나무로 만든 竹枕 부녀자가 내실에서 쓰는 골침 출가 시에 만들어 가는 봉황 한 쌍에 새끼 일곱 마리 아홉 마리 봉황을 수놓은 것은 구봉침이며 노인이 사용하는 베개를 일컬어 不老枕이라고 했다.

옛날 중국 唐나라 玄宗 때 沈旣濟라는 사람이 쓴 枕中記라는 소설에서 退枕에 얽힌 이야기가 전한다.

呂翁이라는 도사가 주막집 고목 아래에서 쉬고 있는데 盧生이라는 젊은이가 나타나 옆에 앉아 불평불만을 털어놓는다.

“사내로 태어나 立身揚名해야 하는데… 장군이 되고 재상이 되어 세상을 풍미하는 호걸이 되어야 하는데 이렇게 가난하게 농사나 하고 살아야 하다니.”하며 자기 신세를 한탄하였다.

여옹이 富貴功名은 덧없는 것이라 일렀으나 받아들이지 않으니 조용히 웃으며 말을 멈추고 갑자기 졸음이 몰려오는 노생에게 괴나리봇짐 속에서 양쪽으로 구멍이 난 청자로 된 퇴침을 꺼내 눕는 노생의 머리를 받쳐 주었다.

서늘한 감촉으로 잠에 빠지는 순간 주막 앞에 귀한 신분인 듯한 사람이 노생을 불러 찾았다. 최부잣집 무남독녀에게 장가를 가게 되었다는 것이다. 그야말로 부잣집의 사위가 된 것이다.

절세미인인 아내와 행복하게 살며 진사 시험에도 장원급제하고 관직에 승승장구하여 요직을 거치며 변방에 난이 일어나자 황제는 노생을 절도사로 삼아 적을 섬멸케 하였으며 영토를 넓히는데 공을 세웠다.

개선장군으로 돌아온 노생은 호부상서 겸 어사대부로 승진하였으나 높아진 지위에 위협을 느낀 재상과 일당들의 모함으로 좌천되어 심란한 생활로 세월을 보내다가 모함하던 재상이 죽자 다시 황제로부터 부름을 받아 드디어 재상에 올랐다.

자식 5형제를 두었는데 모두 아비의 후광으로 명문가에 장가들고 벼슬하였으며 가내가 번창하였는데…….

시기하는 자가 있어 노생이 황제가 되려고 모반을 꾀하고 있다고 황제에게 匿名訴를 올렸다.

노생은 황제에게 무고를 변명할 여지도 없이 역적으로 몰리어 체포되었으며 재산은 몰수되고 자녀들은 노비가 되는 신세가 되니 아첨 떨던 친지들은 모두 침을 뱉고 돌을 던졌다.

노생은 함께 망나니의 칼을 맞게 된 아내에게 말했다.

"나에게는 산동에 부모님이 물려주신 집과 다섯 마지기 밭이 있어 열심히 일하면 행복하게 살 수 있었소. 행복이란 마음에 있는 것이지 부귀에 있는 것이 아니라는 것을 이제야 깨달았소. 이제 와서 후회하니 무슨 소용이 있겠소. 부인, 이렇게 죽게 해서 정말 미안하오."

망나니의 큰 칼이 노생의 목을 내리치는 순간 "으악!!" 그 순간 노생은 소스라치게 놀라 깨었다. 꿈이었다.

"아! 꿈이었잖아!"

지켜보고 있던 도사가 말했다.

"젊은이 아직도 장군이 되고 재상이 되고 싶은가?"

"도사님 그것을 어찌 아셨습니까?"

"허허~~ 나의 청자 퇴침은 베고 잠이 들면 소원대로 꿈이 이루어진다네."

"감사합니다 부질없는 허욕을 부리지 않도록 깨우쳐 주셨습니다."

행복은 분수를 지키는 마음속에 있다는 큰 교훈을 받은 것이었다.

여옹 도사는 아리따운 아내감이 찾아올 것이라는 예언을 남기고 괴나리봇짐에 죽장을 짚고 사라졌다.

주막의 주모는 잠들기 전에 시작한 떡을 쪄 내놓는 중이었다.

불과 떡 한 시루 찌는 사이의 꿈이었다.

헛된 욕심 허황된 꿈을 가지고 신세를 불평하던 노생은 아마도 부모가 물려준 집과 다섯 마지기 밭을 일구며 여옹 도사가 예언한 아리뜨운 아내를 맞아 아들 오형제 낳고 열심히 행복하게 살았을 것이다.

목침의 모양은 大同小異하다.

다만 재질이나 정성이 다를 수 있겠다.

나무토막 그대로인 것도 있고 아낙의 정성이 돋보이는 十長生

베갯모에 풀 먹여 다듬이질한 하얀 무명 베갯잇으로 감싼 귀한 퇴침.

士大夫가 사랑방에서 낮잠을 즐기거나 장돌뱅이가 주막 멍석에 취해 누웠거나 베고 눕는 것은 그 이름 목침이니 아마도 시인이 사용하던 베갯모에는 새가 수놓아져 있었나 보다.

새가 날아 나올 것 같다니 얼마나 아름다운 繡인가.

이 또한 얼마나 아름다운 詩인가

焉敢生心 아무나 찾아낼 수 없는 珠玉같은 구절이다.

퇴침을 벗하고 취해 누워서 시원한 바람맞으며 신선과 노니는 시인의 일상이 얼마나 신선다운 것이었는지는 이 시를 접하는 분들이 상상해 판단할 일이다

비행기飛行機

迅速快於呼六丁
忽昇忽降又斜傾
晝行信號長煙吐
夜度依迷用電明
高尙萬里報軍秘
伸縮九天耽敵情
忙忙去來知何事
不啻謀身護衆生

날쌔고 빠른 것이 육정[15]신장을 부르나
올라갔다 내려갔다 또 비스듬히 기울이기도
낮에는 길게 연기를 뿜어 신호하고
밤에는 희미하게 전기로 불빛을 밝히네
높은 곳에서 먼 곳의 군 비밀도 지키고
넓은 하늘 주름잡으며 적의 정황도 살피겠지
정신없이 바쁘게 오가는 일을 어찌 알겠나
자신뿐만 아니라 중생의 삶을 보호하는 일이겠지

---

15) ① 六丁: 六神 앞에 丁이 붙은 神 즉 丁未神將 丁巳神將 丁卯神將 丁丑神將 丁亥神將 丁酉神將 으로 12神將 중 陰神이다.
② 六甲: 六神 앞에 갑이 붙은 신 甲子 甲戌 甲申 甲午 甲辰 甲寅으로 陽神. 천제의 명을 받아 능히 바람과 천둥을 일으키고 귀신을 다스린다는 12都神將.

우리나라에서 처음으로 비행기가 등장한 것은 1913년 용산에서 일본인 군인이 비행했고 1917년 미국인 민간 비행사가 비행했다고 하고 이후 일본에서 교육하고 돌아온 안창남이 1922년 10월 금강호를 타고 여의도 비행장을 이륙 서울 하늘을 비행한 한국인 최초의 비행사였다.

이후 1948년 미군으로부터 군용기를 인수하여 운용했으며 여순반란 사건이나 제주도 폭동진압 등 군용기로서의 역할을 확실히 했었다. 또 6.25 전쟁에서는 정찰과 연락의 임무를 톡톡히 했으며 유엔군의 참전으로 수송기 전투기가 많은 활약을 했다.

쌔—애—애 하늘을 찢는듯한 소리가 들리면 무조건 숨어야 살아남는 호주기. 사람만 보면 기관총을 드르르륵 순식간에 지나가 버리는 무서운 이 비행기. 우우웅 소리 밤하늘을 울리며 희미한 불빛 깜박거리며 지나가는 수송기. 병력과 군수물자를 실어 나르는 큰 역할을 한 비행기 B29.

날아다니는 기계라고 이름 지어진 비행기를 보고 시인의 마음이 어찌 움직이지 않았으리오.

어떻게 하늘을 날아다닐까. 어떻게 올라가서 떨어지지 않고 갈까.

인력거를 타던 조선시대에 태어나서 일제강점기를 살면서 자동차 전차 기차가 땅 위를 달리더니 하늘을 날아다니는 기계까지 생기니 혼란한 마음에 시 한 수 읊지 않을 수 있으랴

엄청 빠르기도 하거니와 하늘에서 재주도 부리니 묘한 것이로다.

그러나 적정을 살피고 국민을 위해서 하는 일이거니 그렇게 생각하

면 참 세상의 변화를 느꼈을 것이다.

적정을 살핀다는 생각으로 보건대 처음으로 미군에서 인수한 군용기를 보고 지은 시 같다.

까마득히 떠 있는 비행기는 보일락 말락 햇빛에 반짝거리고 내뿜는 연기 꼬리가 하늘 가운데에 길게 획을 그어놓는 그 모습은 지금도 볼 수 있다.

우리가 알고 있는 비행기의 역사는 1900년에 라이트형제가 발명하여 최초로 동력을 이용한 無尾翼復葉機이다.

글자대로 해석하면 "꼬리 날개가 없고 이중으로 날개가 겹쳐진 비행기"다.

그러나 그보다 훨씬 이전에 프랑스에서 기체를 이용한 기구로 하늘을 나는 데 성공했다 하니 지금 우리가 즐기는 열기구와 비슷하지 않았을까?

우리나라에서도 비행기를 연구하고 조종한 역사가 있다.

우리나라의 최초의 비행사는 안창남 씨로 일본에서 공부하고 비행사 자격을 취득했으며 1922년 여의도에서 비행했다는 기록이 있고 1944년에 화신 그룹의 총수 박흥식 씨가 조선비행기공업 주식회사를 설립했는데 비행기를 생산했다는 기록은 없으니 정비를 목적으로 한 회사가 아니었을까.

1953년에 이원복 씨가 제작한 復活號라는 비행기가 우리나라에서 조립한 최초의 비행기인데 정찰 연락용으로 사용되다가 당시 형편상 2호기를 생산하지 못하고 역사 속으로 사라졌다가 58년 만에 다시 발굴하여 개량 복원하고 지금은 공군사관학교에서 교육용으로 활용하고 있다.

復活號는 李承晩 당시 대통령이 命名한 것이다. 6.25 전쟁 이후 국가

차원에서 적극적으로 연구하여 본격적으로 비행기가 생산된 것은 1962년 대한항공공사가 설립되면서부터다.

1970년대에 와서는 다량의 군용항공기 헬리콥터를 생산하기 시작했으며 대한항공공사가 대한항공으로 민영화되면서 군용기와 민간 항공기를 제작 지금은 세계의 하늘을 주름잡는 대한민국이 되었다.

1960년대부터 우리나라 近代化가 얼마나 신속하게 이루어졌는지 이 대목에서도 알 수 있는 일이다.

그러나 믿지 못할 조선시대의 기록이 있다.

그것은 임진왜란 때 진주성이 왜군에 포위되었을 때 飛車를 이용해 성주를 탈출시켰다는 기록이 조선시대 선비 이규경이라는 사람이 쓴 五洲衍文長箋散稿(오주연문장전산고)라는 책에 있다고 한다.

그러나 당시에 동력이 있을 리 없는데 얼마나 날았을지 상상해 볼 일이다. 사실이라면 추상해 보건대 새의 날개구조를 응용해서 높은 곳에서 풍력으로 날 수 있는 패러글라이딩 같은 것이 아니었을까.

오래 전부터 하늘을 날고 싶은 욕망이 연구를 거듭하여 지금의 항공 산업이 이루어졌으니 연구와 발전은 지금도 진행 중이고 탐사선이 아니라 달을 관광하는 여객기가 등장할 날도 올 것이다.

明心寶鑑은 유교적 교양과 심성 교육 인생관에 관련된 내용으로 고려시대 秋適이란 분이 지은 것으로 알려져 있으나 원본은 중국 명나라의 范立이란 분이 편찬한 것으로 초략본이 널리 유포되어 고려에 유입된 것이 추적에 의해 필사된 것으로 보고 있다.

우리가 접할 수 있는 명심보감은 착한 일을 한 사람은 복이 오고 악한 일을 한 사람은 재앙이 온다는 繼善篇을 시작으로 열아홉 분야의 德目으로 구분해서 하늘의 뜻에 살아야 한다는 天命편

주어진 명을 따르라는 順命편

부모에 효도하라는 孝行편

자기 자신을 올바로 세우는 데 도움이 되는 글을 모은 正己편

주어진 분수를 지켜 현실에 만족하라는 安分편

자신에게 엄격하고 남에게 관대하라는 存心편

참음을 강조하고 인정을 베풀라는 戒性편

학문에 부지런히 힘쓰라는 勤學편

자녀교육의 중요성을 강조하고 교육에 도움이 되는 글을 모은 訓子편

자신의 마음을 살피기 위해 자아 성찰에 도움이 되는 글을 모은 省心편

유교 사회의 기본윤리인 三綱五倫을 비롯한 실천윤리를 가르친 立教편

정치의 중심은 국민을 사랑하는 데 있음을 강조한 治政편

집안을 다스리는 데 도움이 되는 말을 모은 治家편

부자 부부 형제의 관계를 인륜의 바탕으로 강조한 安義편

예절이 모든 사회관계의 근본이라는 遵禮편
말을 조심하고 삼가라는 言語편
좋은 벗을 사귀라는 交友편
부녀자의 수양을 가르치는 婦行편 등….

明心寶鑑은 여러 고전에서 金言과 名句를 뽑아 엮은 책으로 조선시대에 가장 널리 읽힌 책으로 천자문 동몽선습 등과 함께 아동의 한문 교습서이며 조선시대 유교적 사상 행동거지에 관련한 기본 교육서이다.

대체로 5세가 되면 학업에 입문하여 천자문 동몽선습 명심보감 등을 읽고 여덟 살이 되면 소학을 읽게 되는데 지금의 교육체계와 별로 다른 게 없으니 옛날 소학교라고 하던 초등학교는 그 시대 교육의 메아리가 전해진 것이라 해도 틀린 말은 아닌 것 같다.

어린 나이에 엄하신 훈장 앞에 무릎 꿇고 낭랑하게 암송하는 명심보감의 내용은 인간의 성품을 만드는 인성교육의 기본 학습이며 어린 학동에게는 良識이 되는 聖賢의 金言名句들이다.

예전에는 이렇게 학업에 입문하면 인성교육부터 시작했다.

착하게 살아야 하는 이유를 선인들의 문장을 인용해 교육하고 실천하게 하였으며 詩傳의 문구로 "부모님이 나를 낳으시고 기르셨으니 그 깊은 은혜를 갚고자 하나 하늘 같은 은혜를 다할 수 없다."하였고 孔子는 "부모가 계시면 자식은 멀리 놀러 나가지 않는다."하였으며 太公은 "내가 부모에게 효도하면 내 자식 역시 내게 효도한다."하였으니 이런 교육을 받고 자라서 어찌 효도하지 않으랴….

공자의 말씀에 군자는 세 가지 주의할 것이 있으니 젊어서는 색을 경계하고 장성해서는 싸움에 주의하고 늙어서는 얻기를 바라는 것을 주의하라 하였으니 일생의 지표를 어려서부터 가슴에 담아 주었다.

또 재물이 없어도 마음이 풍족하면 즐거울 것이요 욕심이 많으면 항상 걱정이 있다 했으니 이 시대를 살아가는 젊은이들이 어려서부터 이런 교육을 받고 익혔다면 우리 사회가 얼마나 정이 넘칠까….

부모를 살해하는 패륜이나 재산 다툼으로 자식들 간에 義 상하는 일은 없을 것 인데…. 사회가 어수선하고 복잡하다 보니 새로운 용어가 생겨나고 사회 통념상 납득이 되지 않는 비정한 이야기를 만들어 내고 있다.

인간의 품성은 그윽한 내면에서 우러나는 깊은 마음이요,

함께 살아가는 이웃과의 유대는 사랑의 감정으로 이루어지는 것이다.

인과관계가 냉정해지고 이기주의로만 살다보니 이웃의 소음 따위로 살인사건이 나고 주차 시비로 옆집과 다투어 법정으로까지 가는 현실은 일찍부터 예절교육을 받아보지 않은 人性不在가 원인이고 사회적 책임도 없지 않다.

孔子 말씀에 잘났어도 어리석은 체하고 공이 커도 사양하고 용맹하고 힘이 세더라도 항상 조심하여야 하고 재물이 많아도 항상 겸손하여야 한다 하였다. 지금 세상에 누가 어리석은 체 하고 누가 사양하고 누가 겸손하겠는가… 그렇지 않으므로 사회는 시끄러운 것이니 聖賢의 말씀을 새겨 보지 않을 수 없다.

先王制禮莫非佳
多閱風塵亂俗街
青年敬受此書急
白首亦從忠國皆

法立家邦先紀律
日新德化進階梯
九死一生彦敢忘
作之不已攫英儕

선대의 예절 제도는 진솔하지 않은 것이 없지만
거리의 온갖 어지러운 풍속도 많이 보았지
그러나 젊은이들은 학문을 잘 이어받아 존경했고
또 늙은이들도 모두 따라 나라에 충성했다
국가에서 법을 세우면 우선 잘 지키고 따르니
덕목은 사다리 계단 오르듯 날로 새로워져 가네
어려웠던 삶을 어찌 감히 잊을 수 있겠는가
나뿐 아니라 모든 사람들이 영화를 얻었도다

이 시를 쓰신 분도 선대로부터 내려오는 예절을 따르고 학문을 닦고 온 백성이 나라의 법을 지키며 사니 삶은 융성하고 모든 사람들이 영화롭게 잘사는 모습을 노래하셨다.

예로부터 학문을 하며 살아오신 옛 어른들은 그 모든 생활 속에 書禮가 우선이다.

書禮는 글을 읽고 말하고 행동으로 지켜야 하는 예절이다.

書案앞에 앉으면 자세부터 修學하는 行動擧止의 모든 예절을 말한다. 아동뿐 아니라 성인도 노인도 경서 앞에서 글 하는 자리에서는 예절이 있었다. 5세에 입학해서 사서삼경을 마치도록 몸으로 익힌 예절은 생활의 지표가 되고 言動擧止에서 성현들의 주옥같은 글귀가 자연스럽게 삶으로 이어지는 것이다.

요즈음 불편 불안한 소식을 접할 때마다 편안한 사회를 만들어갈 기초적 인성교육이 없어져 가는 것이 안타까운 것이다.

반면 書藝는 운필의 예술이니 누구나 다 아는 篆 隷 楷 行 草 다섯 가지 書體와 四君子를 붓으로 나타내는 기능이다.

書禮는 學文과 言行의 禮節이고 書藝는 運筆의 재주라 학문과는 차이가 있으니 한문과 한자가 뜻이 다르듯 문과와 이과로 이해하면 맞을까 지금 書藝를 하는 사람이 書禮 즉 학문의 깊이를 갖추었다면 가히 君子라 할 것이다.

御製小學序에 八歲가 되면 반드시 小學을 접하여 모든 예절을 익히고 실천해야 하는 도리를 강조하였으며

중국 송나라 시대에 소학을 편찬한 朱子는 小學에서 예절을 익히는 것은 내 몸을 수양하고 가정을 돌보며 나라를 다스려 세상을 평안하게 하는 근본이 되기 때문이라 했다.

明心寶鑑 小學을 읽고 禮를 익혀 四書(論語 孟子 中庸 大學)를 접하게 되는데 그러나 이제는 經書교육이 사라지니 禮는 찾아보기 어렵고 藝만 기능적 수단으로 발전하여 이어지고 있다.

서예는 기법의 연습만으로 알게 되는 게 아니라 정신 수련이 이루어져야 하고 중국에서는 禮 樂 射 御 書 數의 한가지 덕목으로 친다.

지금 이 시대에 옛날처럼 書禮교육을 하기는 어렵지만 정이 점점 메마르는 각박한 사회를 느끼면서 왕이 내린 소학의 서문처럼 초등학교부터 적극적으로 인성교육을 실시한다면 학교폭력 성폭력 강절도 같은 사건사고가 월등히 줄어들고 사회가 순화되지 않을까?

요즈음 청소년들이 공공장소에서 버스에서 지하철에서 길거리에서

불미스러운 행동 듣기 민망한 욕설을 주위 시선 아랑곳하지 않고 목청을 높이는 것도 저희들이 하는 행위가 잘못된 것이라는 것을 모르기 때문이다. 인성과 예절을 교육하지 않으니 그 행위가 자연스러울 것이니…….

정치 성향으로 교육을 이끌려는 선출된 대감들께서는 절대다수가 반대하는 사사로운 정책에 집념할 것이 아니라 국가의 백년대계를 위해서 일주일에 한 시간이라도 어린 학생들에게 稟性을 기를 수 있는 인성교육을 펼치심이 국가 백년대계를 위해 옳은 길일 것이다.

그러면 또 국민이 호응하여 전국 유권자의 지지를 받는 인기를 얻을 수 있을 것인데….

영어 과외 수학 과외보다 人性教育의 基本인 明心寶鑑이라도 들을 수 있는 과외생활이 절실히 필요한 때이다.

禮는 아무리 강조해도 지나치지 않은 우리 국민이 꼭 지녀야 할 덕목이니까 말이다.

人間이 將棋板의 兵卒처럼 살아서야 어찌 사람 사는 사회라 할 수 있겠나… 사람이기에 이루어지는 情感 어린 이야기도 로봇처럼 변해가는 인간들이 세상을 冷情하게 人情을 메마르게 하고 있지 않은가.

나라를 사랑하는 정치인 旣成人 모두가 자신과 사회 국가를 돌아보고 깊이 생각해 봐야 할 일이다.

연자鷰子[16)]

敢比吾生王謝居
訪來貧主信如初
計足安身栖殿閣
謀爲哺子捕蟲魚
蹴花回勢隨風急
浴水輕毛掠雨疎
知之謂智喃喃語
能模天然讀聖書

감히 비한다면 임금도 사례할 내가 사는 집에
손이 찾아와 주인에게 믿음을 보이네
발로 재어 몸이 편하도록 전각을 짓고
재주껏 벌레를 잡아 와 새끼에게 먹인다
차버린 꽃잎은 바람 따라 휘돌아 날고
물에 씻긴 가벼운 털은 빗방울을 털어내네
지지위지 무슨 말을 하는지 알 수 없지만
능숙하게 천연스럽게 성서를 읽는구나

16) 제비 새끼

문학 속에 제비의 이야기는 동서양을 막론하고 좋은 이미지로 많이 전한다. 제비는 인간과 친숙한 동물임에 두말할 나위가 없다. 우리의 전래동화 흥부 놀부전에서 제비는 은혜를 아는 동물로 좋은 의미의 이야기를 보면 인간과 밀접한 관계인 것은 분명하다.

봄이 오면 강남 갔던 제비가 돌아온다고 하고 그 제비가 처마

밑에 집을 지으면 주인은 반갑고 고맙고 기특하고 내 집에 찾아온 것은 좋은 징조라고 여겨 정성껏 보살펴 준다.

집을 지을 때나 새끼를 먹여 키울 때는 제비집 밑은 지저분하게 어질러지지만 정성으로 치워가며 어미 제비가 집 앞에 앉을 수 있도록 받침을 해주고 날마다 올려다보며 새끼가 커가는 모습에 어미와 같이 행복을 느낀다.

제비는 진흙과 작은 지푸라기 같은 것들을 잘 조합해서 수직 벽에 견고하게 부착해 집을 짓고 알을 낳아 보통 15일 정도면 부화하고 한 쌍이 같이 새끼를 부양한다.

몸이 날렵한 유선형으로 빠른 속도로 비행하며 날아다니는 곤충을 잡는다.

제비가 마당으로 낮게 날면 비가 온다고 했는데 그것은 비가 오려면 몸이 습해진 곤충이 땅으로 낮게 날기 때문이니 과학적인 근거가 생활의 지혜로 터득된 것이다.

오늘날에는 제비 보기가 어려워졌다.

도시에는 제비가 살기에 환경이 맞지 않고 농촌에도 농약의 공해와 주민의 감소가 원인이다.

제비는 인간과 같이 살아가는 동물이기 때문에 빈집에는 절대로 집을 짓지 않으며 드나들지도 않는다.

매년 봄이면 찾아와 집을 지으려고 빨랫줄에 앉아 마당을 배회하던 제비…. 집안까지 들어와 집을 짓고 열심히 열심히 새끼를 키우던 제비 雌雄. 작년에 태어나 살다가 간 집을 찾아온 것인지 그 주인을 확인하는 것인지 인사를 하는 건지 반가워하는 모습을 보고 사람의 마음을 읽는 것인지도 모르겠다.

그 많던 제비가 이제는 멸종위기에 처했다 하니 참으로 안타까운 일이다.

예로부터 제비에 관한 이야기도 많지만 앞에 제비가 붙어 불리는 것이 많다.

제일 많은 것이 꽃 이름이다.

우리가 흔히 부르는 제비꽃은 그 종류가 상당히 많다.

각시제비꽃 고깔제비꽃 긴잎제비꽃 낚시제비꽃 넓은잎제비 노랑제비 단풍제비 둥근털제비 뫼제비 민둥뫼제비 사향제비 애기낚시제비 왜제비 이시도야제비 자주알록제비 자주잎제비 잔털제비 장백제비 졸방제비 창덕제비 콩제비 큰졸방제비 태백제비 털제비 호제비 흰젖제비 흰제비 흰털제비 미국제비 등등등 이렇게 그 꽃 모양 꽃 색깔 꽃잎 모양 꽃잎 색깔 등이 모두 달라 그에 따라 이름이 붙여진 것이다.

동아시아 및 우리나라 전 지역에 분포하며 봄이면 쉽게 볼 수 있다.

왜 제비라는 이름을 붙였을까.

꽃잎이나 잎 새 모양이 제비처럼 생겨서일까?

또 다른 제비 이야기는 제비뽑기이다.

제비뽑기…. 왜 그런 이름을 붙였을까?

제비와 어떤 연관이 있는 건가 ?

복불복 순서 정하기 등위 정하기 등을 할 때 제비뽑기를 한다.

한 학설은 "잡다"에서 그 의미를 유추한다. 잡다. 잡이. 잽이?

잡아서 무엇을 결정하는 것이니 어울리는 말은 아닌 것 같고, 이것은 한자에서 그 語源을 찾을 수 있다.

漢字의 돌피第 풀茈 우리말의 돌피를 뽑는 행위가 제비뽑기다.

돌피는 예전 농경사회일 때 논이나 밭둑에서 흔히 보던 볏과의 식물로 새로 나오는 속 순은 톡톡 끊어지며 잘 뽑히고 빨아먹으면 물이 나오고 한참 씹으면 밀을 씹은 것처럼 변한다.

벼와 같이 자라는 피의 일종으로 돌자가 붙어 돌피다.

뽑기 위해 만든 것이 제비다. 벼가 익을 무렵 논에서 피 뽑기 하는 것을 생각하니 한 손으로 뽑고 한 손으로 움켜잡았던 그것도 제비뽑기였다.

제비鷰와 전혀 관련이 없는 제비第茈인 것이다.

또 다른 제비 이야기는 제비족이다.

제비족은 특별한 직업 없이 유흥가를 전전하며 돈 많은 여성에게 접근하여 성적유혹을 하고 돈을 갈취하는 젊은 남자의 부류를 속되게 이르는 말이다.

제비족의 어원은 우리나라에서 카바레가 처음으로 생긴 진주의 남강 카바레에서 비롯되었다.

남녀가 어울려야 되는 춤인데 남자가 없어서 잘생긴 젊은 남자들을 춤을 가르치고 멋지게 보이도록 연미복을 입혀 여성과 춤 상대가 되게 했는데 남녀의 관계이고 보니 심각한 상태로 이어졌나 보다.

그러면 현대 사회에서 무대나 행사에 연미복을 입는 것은 어떤 의미가 있는걸까? 연구해 볼 일이다.

鷰尾服이란 글자 그대로 제비 꼬리처럼 생긴 복장이고 그 옷을 입고 춤을 추던 사내들로부터 생겨난 불미스러운 일로 그때부터 제비족이란 말이 이어져 왔는데 지금은 연미복과는 관련이 없으니 그 선배들의 과오 때문에 제비족이란 누명이 아닌가.

한편으로는 겨울에 따듯한 강남(중국 양쯔강 이남)으로 갔던 제비가 봄이 되면 돌아오는 것을 비유해서 1970년대 강남이 개발되면서 강남의 복부인을 유혹하려고 모여드는 젊은 남자들을 그렇게 부르게 되었다고도 한다.

제비족이란 우리나라에만 있는 단어는 아니다.

뜻은 조금의 차이는 있으니 일본에서는 연상의 여인과 소통하는 남자를. 중국에서는 여인에게 기대서 생활하는 남자를 제비족이라고 표시한다.

거기에 상반되는 꽃뱀이란 말도 있다.

제비족에 한술 더 뜨는 냉혈동물이다. 아름다운 냉혈동물을 뱀으로 표현한 것이다.

현금을 지갑에 넣고 다녀야 했던 시절에 유혹한 제비족이 잠든 사이에 지갑을 털어 사라지는 족속. 또 그 꽃뱀에 말려들어 옴싹 못하는 제비의 피를 말리는 족속. 이런 족속을 꽃뱀이라고 한다.

다음은 제비에 관한 노래다.

우리가 많이 부르는 조영남의 제비.

이 곡은 부르는 사람 그 국가에 따라 가사는 다르다.

原曲에 가사만 바꿔 불렀기 때문이다.

어찌 이 곡을 제비라는 제목으로 노래했는지…….

조영남의 제비는 안타깝게 헤어진 연정을 나타낸 가사지만 원곡의 가사는 망국의 한을 담은 노래이며 스페인어권 국가들을 중심으로 세계 곳곳에서 애창되는 멕시코 민요이다.

"제비처럼"을 노래한 윤승희는 안녕하신가… 하얀 이가 매력이었는데… 김건모는 "강남 갔던 제비는 다시 돌아오는데 날 버리고 간님은 언제 돌아오려나"… 룰루랄라를 붙여가며…

이처럼 제비는 다방면으로 우리 인간과 아주 가까운 관계인데 그 제비가 99% 사라졌다고 한다.

천연기념물로 지정해야 한다는 주장이 나올 만하다.

제비가 사람과 함께 살려고 하는 것은 천적에게 보호받을 수 있다는 것을 알기 때문이다. 또 애완동물과 같이 인간과 교감을 하기 때문이다.

양옥이나 아파트로 생활환경이 변하면서 둥지를 지을 곳도 사라지고 먹이를 구할 터전도 없어지고 또 공해도 문제다.

이제는 제비를 보기 어렵게 되었다.

꽃 피는 봄이면 어김없이 찾아와 집을 짓고 알을 낳아 새끼를 기르고 강남으로 떠날 때면 가족이 무리로 마당을 배회하며 빨래줄에 줄지어 앉아 작별 인사하던 제비…….

知之謂智 지지위지 무슨 말을 하는 것인지 알아들을 수는 없지만 재잘대는 모습을 보고 제멋대로 성서를 읽는다고 龜河 시인은 표현하였다.

제비가 집을 지을 수 있는 그런 집에 살고 싶다.

제비… 그들이 그립다.

영선詠蟬[17)]

古誰獨坐醴泉朝
爰有此蟬鳴自遙
萬樹送聲知雨止
千山落日際煙消
聽覺秋凉悲白髮
賦爲淸快醉紅潮
爾也一生仙事事
擬如枝上對人嘲

고루한 아침 맑은 이슬에 홀로 앉아 있어도
이 녀석은 멀리서부터 같이 울어대는 놈 있네
비 그친 것을 알고 숲속으로 소리 보내고
온산에 해 떨어지면 울음소리도 사라진다
이 가을 그 소리 생각하니 백발이 서글프구나
취하는 것으로 구실삼아 세상 즐겼더니
매미야 네 일생이 신선이로다
나무 위에서 나를 조롱하는 것 같구나

17) 매미를 읊다

매미를 노래하다

산촌의 여름은 매미 소리로 아침을 연다. 산골짜기에 햇살이 비치면 밤새 맺혔던 이슬이 구슬처럼 영롱하고 한 여름 더위에 밤잠 설치신 선비의 생각은 요란한 매미 소리에 아침부터 심사가 서글프다 마당 가 고목에 앉아 노래를 부르는 매미가 부러우셨나 보다. 마시고 취하는 것으로 평생을 살았는데 저 녀석은 노래만 부르니… 7년을 땅속에 살다가 천신만고 끝에 세상 밖으로 나와서 며칠밖에 살지 못한다는 그 녀석의 일생을 아셨다면 동정을 하지 않았을까? 싯구가 달라지지 않았을까?

선비는 매미가 시원한 나무 위에서 노래만 부른다고 신선이라고 하셨을 게다.

돌아보면 고달프고 순조롭지 못한 지난 70년 당신의 삶이 매미 소리에 도취되어 시 한 수 읊으셨지만 그 소리는 노래가 아니라 짧은 생애에 애절하게 짝을 찾는 울음이라는 것을…. —옛 선비의 시 한 수—

왕괴산영취묵정원운往槐山咏醉默亭原韻

出門杖屨到松關
尙慕先生敢可攀
憾多燕趙歌常唱
心模漢唐賦未剛
花事三春酣白酒
鶯聲四月坐靑山
勝地淸遊遊未盡
長江暮雨客忙還

여러 늙은이들 문을 나와 송관에 이르니
사모하는 선생이 오히려 나를 크게 반겨 주네
한이 많은 내가 항상 소리 높여 노래하지
마음은 한당을 꾀했으나 이룬 것은 하나도 없어
꽃피는 삼월 새봄에 막걸리가 달게 익고
꾀꼬리 소리 들리는 사월 청산에 둘러앉아
물 맑은 이 좋은 곳에 놀아도 놀아도 끝이 없으나
긴 강 비로 저무니 객은 바삐 돌아가야 하네

괴산에 가서 취묵정의 원운을 읊다

安東金氏는 朝鮮後期 純祖妃의 아버지 金祖淳으로부터 勢道政治의 시작이 된다.

외척으로서 권력을 행사하여 세력을 키우는데 몰두한 가문이 조선시대에는 많이 있었다.

권력으로 부패된 실정에 어렵게 시달리던 농민은 항쟁을 일으킨 적도 있었으나 대부분 새로운 권력이 등장하며 자연스럽게 세대교체가 이루어지고 역사는 그렇게 이어져 왔다.

金祖淳의 字는 士源 號는 楓皐이고 領議政을 지낸 金昌集의 4대손이며 瑞興府使 履中의 아들이고 純祖의 丈人이다.

1765년 영조 41년에 나서 1842년 순조 32년까지 수하였다.

1785년 정시 문과에 급제하고 사은사로 청나라에도 다녀왔으며 이조판서등 요직을 두루 거쳤다. 딸이 순조의 비가 되면서 영돈녕부사 영안부원군에 봉해졌으며 훈련대장 호위대장 금위대장 등을 거치면서 군권을 장악하고 1826년 양관대제학이 되어 안동김씨 세도정치의 기초가 만들어졌다. 문장도 뛰어나고 그림도 잘 그렸으며 著書 楓皐集이 있다. 正祖의 廟廷에 背向되었으며 양주 석실서원 여주 현암서원에 祭享되고 謚號는 忠文이다.

안동 김씨의 세도는 흥선대원군의 등장으로 권가에서 후퇴하였으며 낙향한 후손들은 지역에서 세도가의 후예로서의 여유를 누렸다. 안동

김씨는 조선 후기 육십여 년간 세도정치를 펼치며 왕조 사상 가장 많은 문과 급제자를 배출하였으며 왕조에 헌정한 충절과 절의의 가문이기도 하다.

조선시대에는 왕좌가 바뀔 때마다 외척의 권력다툼이 많았는데 안동김씨도 이러한 맥락으로 보아야 할 것이다.

이러한 권력은 가문을 융성하게 하고 시대가 가볍게 볼 수 없는 역사의 한 축이 되는 것이다.

槐山 陵村里에 안동 김씨 先驅祖이신 晋州牧使 金時敏將軍을 뫼신 祠堂 忠愍祠가 있다. 김시민 장군은 임진왜란 때 큰 공을 세우고 전사한 명장이다.

후에 선무공신 영의정에 추증되고 상락부원군에 추봉되었다.

충민사 가까운 강 언덕에 醉默亭이 있는데 바로 김시민 장군의 손자이신 金得臣 선생께서 시를 읊으며 만년을 보낸 곳이다.

김득신 선생은 선조 37년 1604년에 나시어 1684년까지 80수를 하신 당대의 유명한 시인이시다.

字는 子公 號는 栢谷이며 부제학 緻의 아들로 1662년 늦은 나이에 문과에 급제하여 가선대부에 오르고 안풍군으로 봉해졌으며 만년에는 시와 술로 풍류를 즐기신 분이다.

鄭斗卿 任有後 洪錫箕 洪萬鍾 등 晩年之友와 친교하다 취묵정에서 숨을 거두었다 柏谷集에 많은 시가 전한다

醉默亭이 있는 마을이 이름하여 능말이다.

강가 아름다운 곳에 자리한 상당히 큰 마을이었고 갓과 두루마기

긴 담뱃대로 위엄을 보이는 선비들이 문밖에서 '이리 오너라—'를 외치는 위풍 있는 마을이었다.

왕년의 세도의 풍을 유지하시던 분들이 꽃피는 4월 좋은 계절에 새소리 들어가며 강바람 불어오는 정자 취묵정에 모여 술과 시로 풍류를 즐기니 이 얼마나 즐거운 날인가.

강줄기 모래사장에서 태양을 반사하는 반짝이는 모래 빛이며

발아래 휘돌아 흐르는 물줄기를 내려다보며 시객의 흥을 어찌 표현해야 맞을까?

시는 품은 이야기에서 쉽게 떠오르고 환경에 민감해야 느낌으로 우러나는 글의 기술이니 가슴속에 쌓여 있는 사연이 이렇게 좋은 분위기에 저절로 우러날 것이다.

과거를 보고 벼슬을 해서 정승판서를 꿈꾸었을 20대 초에 국치의 변을 당하여 60에 광복이 되니 꿈 많던 일생은 허무하게 지나가고 이 얼마나 억울한 삶인가. 꿈은 컸으나 아무것도 하지 못한 생애를 한탄하는 것이다.

취묵정이 있는 능말에는 그 세도와 위엄을 잃지 않고 당당하던 安豊君 忠文公의 후손이 살고 계실까?

막역지간 귀빈으로 대우받으시던 龜河公을 기억하는 이 지금도 그곳에 살고 있을까?

즐겁고 진진한 자리 놀아도 놀아도 흥은 끝이 없겠으나…….

그러나 해는 멈춰주지 않는 것 서둘러 사랑으로 돌아오는 발걸음은 아쉽고 미련은 뒤를 돌아보게 했을 것이다.

醉默亭은 백곡 김득신 선생이 강이 내려다보이는 풍자 수려한 언덕

에 직접 지으신 정자로 충북 지방문화재 제61호이다.

취묵정에 백곡 선생의 현판시 한 수를 소개해 본다.

古木寒雲裏
秋山白雨邊
暮江風浪起
漁子急回船

고목은 찬 구름에 가려지고
추산은 비로 둘러싸이네
저무는 강에 바람 불어 물결이 이니
고기 잡는 손은 급히 뱃머리를 돌린다

이 시를 보면서 당신은 무슨 생각을 하시는지.

무엇이 연상되는지……. 설명이 없어도 그 자연의 모습이 눈에 보이지 않는가?

몇 글자에 담겨있는 엄청 많은 이야기요 짧은 시 안에 감히 그릴 수 없는 큰 그림이 들어있는 것이다.

시란 이런 것이고 시인의 풍류는 가늠할 수 없는 무한의 경지다.

입춘설岩捿齋, 91*116.8

입춘설

충북 괴산군 청천면 화양2길 30. 화양구곡 제4곡 금사담 큰 반석 위에 세워져 있다. 조선의 문신 宋時烈(1607–1689)이 은퇴 후 수양하며 제자를 가르치던 곳이다. 일제 말기에 제자들이 수리하였다 하고 1970년에 다시 보수하였다. 岩捿齋記에 尤庵先生於丙午年間築精舍於溪南이라고 쓰여 있는 걸 보면 우암 선생이 병오년 1666년(현종 7년)에 지었다는 것을 알 수 있다. 화양구곡은 대한민국 명승 제110호로 지정되어 있으며 곳곳에 宋時烈의 필적이 많다.

1곡 擎天壁
2곡 運雲潭
3곡 泣弓巖
4곡 金沙潭
5곡 瞻星臺
6곡 凌雲臺
7곡 臥龍巖
8곡 鶴巢臺
9곡 巴串

이렇게 이름하여 구곡九曲이라고 한다.

참외眞瓜

田家副業可年年
春種夏收能得全
老將閒事歲時賣
古候稱名今尙傳
香花類似瘦開菊
大葉或肖新出蓮
內有黃金多味夾
行人饒飢暫惟賢

시골 농가의 부업은 해마다 더해지니
봄에 씨 뿌려 여름이면 능히 거둘 수 있고
늙은이가 한가하게 세월을 팔고 있구나
오래전에 지어진 이름이 지금까지 전해오니
꽃의 향기는 국화 필 때와 같고
큰 잎은 새로 나온 연잎처럼 서 있다
속은 황금색인데 단맛을 많이 머금어 있고
지나가는 사람이 잠시 머물러 요기도 하는 것

옛날 시골 신작로 가 참외밭 원두막을 떠올리게 하는 이야기이다.
7-8월 뙤약볕이 내리쬐어 초록 들판에 아지랑이 이글거리고 가로수

미루나무가 열 지어 서 있는 도로에 어쩌다 미군에서 피양 나온 GMC 트럭이 흙먼지를 일으키며 지나가면 천지가 요란하게 울어대던 매미 소리가 잠시 멈추었다가 한쪽에서 찌르레기가 소리를 내기 시작하면 이 나무 저 나무 십 리나 보이는 미루나무에서 쓰름매미 말매미 참매미 애매미들이 요란하게 울어대는 한여름의 시골 신작로. 미군이 쓰다 버린 트럭을 불하받아 하동환 자동차에서 드럼통을 두드려 만든 육발이 버스가 하루에 두어 번 서울로 갈 때나 간혹 오일장 짐을 실은 육발이라도 지나가면 흙먼지가 구름처럼 일어나 길가의 식물 농작물들이 하얗게 먼지를 덮어쓰고 쌓이고 쌓여 비가 오기 전에는 흙먼지를 벗을 수 없는 신작로 변. 패인 길을 보수하기 위해 쌓아놓은 자갈 더미 너머에 참외밭이 있고 미루나무 그늘 아래 나무로 엮어 지은 원두막이 있다.

갓 수확을 마친 윤기 나는 밀짚으로 엮은 사방의 들개문은 동서남북을 내다볼 수 있게 들려있고 이층으로 올라가는 나뭇가지로 엮어 만든 사다리 계단 아래에 잘 익은 참외 수박을 따다 모아놓고 뙤약볕에 지쳐 목이 말라 그늘이 그리운 지나가는 사람의 발걸음을 멈추게 하는 곳.

참외밭을 지키고 더위를 피해 한여름을 날 수 있는 아무나 가지고 있지 않은 이 시대의 펜션 원두막이라 한다.

원두막은 아무리 햇살이 뜨거운 여름이라도 시원하게 바람으로 더위를 잊을 수 있고 소나기라도 쏟아지면 들개 문을 내리면 가림이 되고 바람 불어 들이치면 바람 부는 쪽만 내리면 되는 최고의 피서지다 피서라는 단어도 몰랐던 그 시절 무더운 여름밤에도 원두막 위에서는 부채 하나면 시원하게 잠을 잘 수 있는 옛날 시골 생활의 운치를 느낄 수 있는 곳이다. 어린아이들이 잠들면 부채로 모기를 쫓아주던 어른들의 모습은 자연 속에 살아오신 선인들의 이 시대에는 다시 볼 수 없는 정겨운 모습이다.

현대의 냉방기기가 있지도 않고 알지도 못하던 그 시절 여름나기를 지혜롭게 살아온 우리 선인의 현명하신 방식이다.

참외는 씨 뿌려놓으면 제가 알아서 열매 맺고 모양도 제멋대로 크기도 환경의 덕으로 사람의 손길을 모르는 자연의 섭리대로 거두는 농사이었기에 수확은 하늘에 맡기는 순수한 삶이다.

밭 가에는 옥수수수염도 말라가고 한쪽에 수박도 심었지만 크기나 맛이 오죽했으랴, 그래도 그것이 먹고 싶어도 쉽게 먹을 수 없는 귀한 먹거리였기 때문에 원두막 건너 쪽 개울에 이웃 마을 아이들이 물놀이를 하면서 눈여겨 보아두었다가 밤이 되면 살금살금 기어들어 갔다가 원두막에서 주인이 소리를 지르면 삼십육계 뿔뿔이 흩어져 도망쳤다. 대부분 익지 않은 것이기 때문에 맛이 쓰다 제대로 참외 맛을 보지도 못하고 밭만 망치지만 먹고는 싶으니 또래들이 작당을 해서 서리를 하는 것이다.

지금은 즉각 절도로 고발할 것이고 전과자가 되는 행위이지만 예전에는 아이들의 장난으로 넘겨버리는 훈훈한 어른들의 너그러움이셨다.

서리는 참외뿐만이 아니다 먹을 것이 없는 시절이니 배는 고프다 농사가 끝난 겨울에는 젊은이들도 동네 사정을 잘 알아 밤에 모여 놀다가 시간은 늦고 출출해지면 궁리를 한다. 간단히 먹을 수 있는 것은 물론이지만 어려운 짓도 해서 다음날에는 게 눈 감추듯 태연한 모습이다.

결국은 알게 되지만 그냥 재미고 장난이다.

사계절 서리의 대상은 농산물이지만 농사가 끝난 겨울에는 밤은 길고 몸은 한가하고 배는 고프고… 별다른 것은 닭서리다. 닭장 홰 위에 줄지어 웅크리고 잠들어 있는 닭은 살그머니 손을 넣어 목을 비틀어도 소리를 내지 않는다. 쉽게 먹을 수 없는 요리 아닌가. 고사 지낸 집 떡 들어다 먹기. 장광에 묻어놓은 동치미. 퍼다 먹기 배고프던 시절을 산 젊은이들의 추억이다.

저녁에 마실 나오신 어른들은 낮에 따다 놓은 참외로 저녁 시간을 시원하게 내 이야기 남의 이야기로 두런두런 나누다 돌아가고 주인어른 잠든 원두막에는 호롱불만이 이곳이 원두막인 것을 알려주고 밤이 깊어진다.

주로 많았던 개구리참외는 표면에 개구리처럼 무늬가 있고 속 색깔은 황금색으로 살은 연하고 맛이 좋다 열골 참외라고 하는 품종은 서울참외라고 서울 오류동 지역에서 재배되던 품종이라고 하니 오류동이 옛날에는 밭농사가 번창했던 지역임을 짐작케 한다.

옛날에는 삼십여 종이 있었으나 지금은 성주참외라고 인식되는 은성참외가 주종이고 성환참외가 명맥을 이어오고 있을 정도이다.

조선참외 안중참외 강서참외 감참외 곶감참외 사탕참외 쇠뿔참외 이천참외 장정참외 청 사과참외 청참외 홍참외 등 옛날 아무 지식 없이 자연의 혜택으로 거두어 먹던 여러 종류의 참외가 이제는 한가지로 정리되어 생산 효과 품질과 수익의 효과를 내는 과학영농으로 부업으로 여겼던 한여름의 먹거리가 지역특산물로 자리매김하였다.

당시의 풍경이 보이는 듯 느껴지고 읽는 사람으로 하여금 추억을 더듬게 하는 산수화 같은 명시이다.

퇴비堆肥 1

논밭을 갈아 농작물을 심고 가꾸며 생활하는 사람들의 사회를 농경사회라고 한다.

자기가 필요한 것을 자기 스스로 생산하여 공급함을 말하는 것으로 대가족이 중심이 되어 농업을 경영하는 것. 이같이 농업이 주된 산업의 문화를 농경문화라고 한다.

생산도구인 쟁기 괭이 쇠스랑 낫 호미 삽 등… 농사를 영위하는 데 쓰이는 이러한 것들이 농경문화를 보여 주는 도구들이며 그중에서 농사를 영위하는 데 없어서는 안 될 소의 역할은 기계가 없는 시절 제일의 보물 재산목록 1호였다.

퇴비는 농작물의 성장을 돕기 위한 거름으로 온갖 썩을 수 있는 것들은 모두 퇴비가 되지만 주로 인력으로 조성하는 것은 잡초였다.

모내기 전에는 새로 나오는 떡갈나무 잎을 부지런히 베어다 논흙과 섞어 썩혀 거름으로 하는데 그 노동력은 장정의 몫이니 지게를 이용해서 논에 흩쳐야 했기 때문이다.

아래 시에 농경의 모습이 그림처럼 나타나 있으니

國有厚償家有功
年年農作産增同
無暇堆塵幾健婦
不休芟草見衰翁

採萩澗邊山雨暗
負芻江上夕陽紅
勞勞多積奈身汗
暮浴清溪朝洒風

가정에 공이 있으면 국가에서 후하게 보상을 하니
해마다 농작물이 증산되는 것 같다
아낙들도 건강하면 부지런히 퇴비를 쌓고
쇠한 늙은이도 쉬지 않고 풀을 벤다
물가 쑥대를 따다 산 쪽엔 어둠이 내리고
꼴[18] 지고 가는 강 위에 석양도 아름답다
수고로움이 쌓이고 땀을 많이 흘려도
저물면 맑은 계곡에 목욕하고 새바람을 맞는다

국가시책으로 퇴비 증산이란 구호 아래 적극적으로 퇴비를 늘리기 위한 정책이 있었다.

예로부터 우리나라는 식량이 부족하여 생활이 궁핍하였으므로 퇴비를 권장하고 식량 증산을 구호로 정부에서 적극 추진하기에 이르렀다.

관에서 퇴비 더미의 가로, 세로, 높이의 규격을 정하고 목표를 달성하기 위해 온 가족이 풀베기에 나서고 점점 높아져 가는 퇴비 더미를 보고 흐뭇해하던 시절… 그러나 풀 더미만으로는 쉽게 썩지 않으니 풀 더미에 분뇨를 뿌려 속히 썩도록 인공적인 노력도 게을리하지 않았다.

18) 소먹이 풀

거름이 되는 것은 퇴비보다 분뇨가 더 효과적이다.

지금은 화장실로 통용되는 이름도 가물가물한 이른바 변소는 농사 최고의 거름으로 쌓인 풀 더미에 촉부제促腐劑가 되지만 지게로 사용하는 장군이라는 도구를 이용해서 직접 밭에 뿌려지던 양질의 거름이었다.

차오른 분뇨를 처리하기 위한 일석이조의 관습이기도 하다.

밭에서 나는 작물은 어떤 종류이든 가리지 않고 뿌려주니 그중 거름의 덕을 더 본 것은 더 실하게 자라고 혜택을 덜 본 것은 노랗게 키도 덜 자라고 결실도 못했다. 그러니 더욱 거름을 많이 주어야 곡식 채소가 잘되니 퇴비 증산은 곧 식량 증산으로 부족한 식량을 더 내기 위해서 국가의 시책이었고 관에서는 퇴비 증산을 감독하고 조사도 하였다.

옛날에 채독菜毒 이라는 병이 있었는데 인분을 뿌려 가꾼 채소를 먹고 생기는 병으로 고생을 많이 해야 낫는 병이었다.

지금 같으면 간단히 치료되겠지만.........

퇴비는 인분이나 썩힌 잡초더미뿐 아니라 농촌에서 집집마다 한두 마리씩 길러 새끼를 생산해 장에 갖다 팔고 필요한 물건을 바꿔오던 소 돼지 닭들… 그 소 외양간 돼지우리 닭장에서 나오는 거름은 퇴비중의 퇴비로 곡식이 자라는데 가장 영양가 높은 거름이다.

풀 더미에 섞어놓으면 부식을 촉진하는 효과가 뛰어나고 이런 것들이 혼합되어 썩은 퇴비는 메마른 밭에 보리 밀 조 등 작물을 증산하는데 꼭 필요한 영양분이다.

인간과 가축과 퇴비는 연결고리로 끊을 수 없는 관계였다.

봄이 되어 농사일이 시작되면 제일 먼저 하는 일이 퇴비를 내는 일이다. 퇴비를 밭에 뿌리기 위해서는 소 짐바리나 지게에 싸리로 만든 소쿠리를 얹어 등짐으로 지는 수밖에는 방법이 없다.

기계가 없던 시절이니까.

특히 퇴비 작업에는 호크라는 농기를 사용했는데 그때 미국인이 식사에 사용하는 포크(fork)를 응용해 만들어 영어를 모르는 농민들도 그 영향을 받아 호크라고 했나? 우리의 명칭은 삼발이다.

논밭을 일구는 데는 오로지 소를 이용한 쟁기뿐이요 쟁기를 이용할 수 없는 곳은 인력으로 할 수밖에…. 이때 이용한 도구가 괭이나 쇠스랑이다.

퇴비堆肥 2

三夏作農今時成
勤於堆肥家秋晴
仙呼七月爭鎌草
時或雙柑往聽鶯
牛豚多畜功尤大
糞土良腐積以平
自官指導民從樂
標木家家向日橫

칠팔구월 여름 농사 이제 시작할 때가 되었구나
퇴비를 부지런히 쌓은 집은 가을이 여유롭다
신선이 불러도 칠월은 다투듯 낫질을 해야지
가끔은 쌍감나무에 꾀꼬리도 오가며 울어주니
소 돼지도 많이 길러야 얻는 것이 더욱 크고
잘 썩은 분토도 들에 수북이 쌓였다
관에서 지도하는 대로 기꺼이 따르니
집집마다 표목[19]으로 해도 비켜 가는 도다

19) 標木: 자(尺)의 용도로 퇴비 더미의 넓이 높이를 가늠(측량, 목표 달성)하기 위해 꽂아 놓은 긴 막대기

위 두 편의 시는 시대 상황을 사실로 표현한 퇴비堆肥라는 제목의 시이다.

식량 증산을 위해 관에서 적극적으로 퇴비를 장려하던 시절 쌍감나무에서 들려오는 꾀꼬리 소리나 들으며 도낏자루 썩는 줄 모르고 정자에 올라 시객들과 주흥酒興으로 시나 읊으시던 선비께서 들에 산에 땀 흘리며 일하는 아낙들 노인들의 모습을 보고 지으신 시詩가 지나간 옛 시절을 돌아볼 수 있는 역사의 증거로 남았다.

구호 차원에 의존했던 비료의 자급을 고민하던 정부가 외국의 기술을 빌어 추진한 그 유명한 충주비료공장 준공은 당시 대한민국에서 제일 큰 공장으로 공업화의 시동을 건 획기적인 치적이며 학생들의 수학여행지로 일 순위였다.

尹潽善 大統領 張勉 總理가 참석해서 치사를 하고 주한 외교사절들이 축하해 준 1960년 4월의 대사건이었다.

배고파 살기 어려운 가난을 벗어나고자 "우리도 잘살아 보자"고 외치며 나타나신 분의 집념으로 우리나라가 잘살게 되었다는 것을 부정하는 사람은 없을 것이다.

1962년 12월 제2의 나주비료공장이 준공되어 朴正熙 大統領이 참석해서 축사를 했는데 공장 준공의 주역인 서독의 기술진에게 극구 치하하였다. 진심으로 감사의 표현이었을 것이다.

이후 제3의 울산비료 제4의 진해화학이 준공되니 이제 온갖 해충과 악취의 본산인 퇴비 더미는 역사 속으로 사라진 이야기이다.

땀으로 이루어지던 식량 증산은 화학비료와 과학영농으로 신기술과 기계화영농으로 쌀 보리 식량에 국한되었던 농업은 이제는 외국에서 들어온 품종까지도 넘쳐난다.

이렇게 비료는 퇴비 증산의 수고를 덜어주었지만 가을걷이가 끝난 뒤 비료값을 갚아야 하는 것은 부족한 식량에 또 하나의 징세였다. 비료가 공급되면서 논에 흩쳐주던 떡갈나무 베기는 산림록화를 위해 금지되고 육체노동으로만 이루어지던 농업은 60년대를 지나면서 경지도 정리되고 기계화하여 농업도 산업화로 모두가 잘사는 나라가 되었으니 이제 옛날이야기로나 꺼낼 지난 일이다. 그래도 퇴비를 사용하던 때에는 토질이 건강했지만 화학비료를 무분별하게 사용하여 야기되는 토양의 변질은 누구에게 탓을 해야 하나?

굶주려 虛飢 면하려고 땀 흘리던 퇴비 증산은 어느 시절 이야기인지 이 시대를 사는 젊은이들은 어떻게 상상할까.

나의 아버지 아버지의 아버지들이 그렇게 사셨다는 것을…….